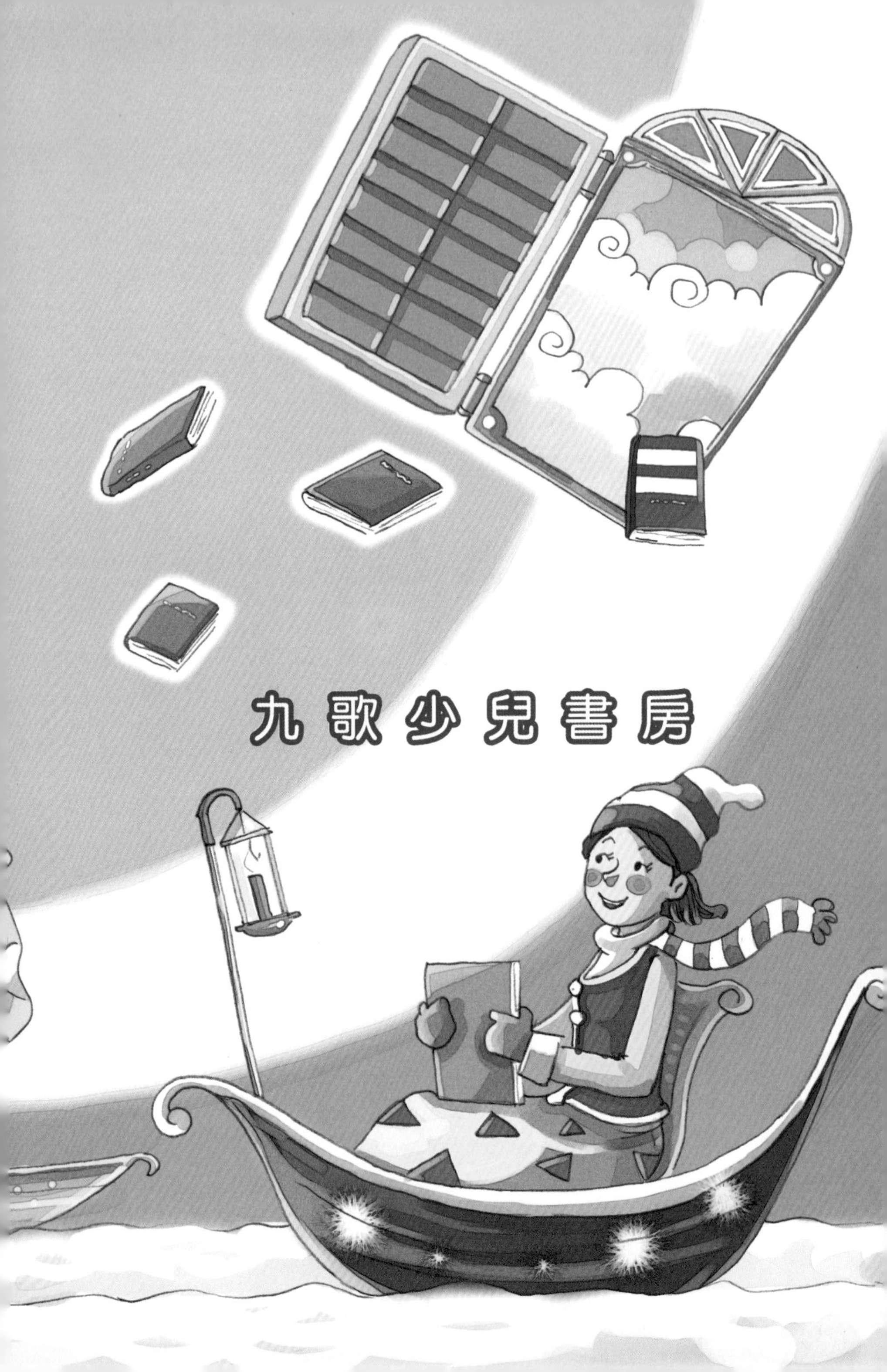
九歌少兒書房

行政院文化建設委員會指導

第13屆現代少兒文學獎得獎作品

# 阿西跳月

劉翰師◆著　那培玄◆圖

# 評審委員推薦

張子樟：

作者企圖心強，關懷層面廣。舉凡環保、外籍新娘、民意代表的胡作非為，均列入描繪的範疇。文字流暢、敘述也相當精準。可惜的是想談的事情太多，力道分散，主題也就變得模糊，但作者的潛力是值得肯定的。

楊　渡：

在花蓮發生的小故事。有原住民，有狩獵，有失憶的孩子，有發現父親與母親故事真相的挖掘過程，有黑道如何狩獵野生動物，也有善良的人如何

保護……，故事情節豐富，敘述流暢。雖然它並沒有太出人意表的想像力，也沒有足以炫耀的文學技巧，但故事說得有趣，一口氣就看完了。

沈惠芳：

作者對人物描寫細膩，對事物刻畫生動，以外籍新娘的真摯付出來闡述愛的真義——「生命的永恆是經由給予，讓愛得以永不止息。」

文中凸顯許多令人深思的問題，處處可見巧思。如刻畫阿西如何在與外籍新娘彩虹的夢幻愛情中掙扎，如何與父親永無止境的爭論。情節有深沉凝重的一面，也有激情豪放的一面。讓讀者跟著或喜或悲，情緒不免像海浪在胸中翻滾。

Mirai 200

contents

# 目錄

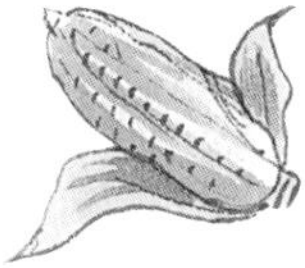

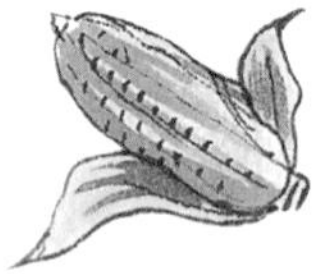

contents

# 目錄

# 1. 我康復了

火車進站了，叔叔把我叫醒說：

「光復站到了，下車吧。」

媽媽站在月台上，她看起來變得好年輕，此刻她垂著雙手，陽光把她的影子拉得好長。我牽著媽媽走出車站，叔叔邊走邊說：

「他吵著要回來，他的情形我們在電話裡談過了，我搭下班車回台北，我會再來看你們。」

「我知道。」媽媽說著，伸手來幫我拿行李。

「媽媽，我康復了，醫生說我可以回家。」我拉著媽媽說：「等這個夏天過了，我還要回到學校去，同學們今年都畢業，要上高中了。」

叔叔說：

「沒關係，你明年國中畢業也不遲，身體好最重要，天氣熱，快回家吧。」

叔叔拿給媽媽一些錢，然後又進去車站裡了。

媽媽用機車載著我，往回家的路上慢慢騎，回到離開快半年，有點陌生的老家。

我們一同進到屋內去見爸爸，

他坐在上面，我和媽媽併肩坐在桌子的一端望著他。

「爸爸，我回來了。」我說：「我長高了，而且一回到這裡後，都沒有鼻塞。」

媽媽說：

「我每天都有跟你說，不用擔心。」

爸爸聽著我們說話，一直開心的笑著。

「醫生說我恢復得很快，我已經可以想起很多事情了。」

「一切都會像以前一樣。」媽媽接著說：「我會盡量幫他想起更多的事。」

我們說完之後給爸爸燒香，插在他的遺像前。

尋夢園是爸爸給這個位在山坡下的家起的名字，我想起以前來家裡玩的同學，叫這裡做「光復邊疆」。院子裡有一個老井，爸爸叫它

Mirai 2005

「汲月井」，但是除了下大雨，裡面只有落葉，從來沒有水。園子裡有三棵粗大的鳳凰樹，那是全家一起拿鏟子種下去的，現在滿樹火紅的花瓣，罩著這個老舊的日式房屋。

我能夠想起很遙遠的事情，但是卻記不起來我的房間。媽媽帶我走進一個房間，這房間的床邊有一扇窗，隔著窗就是她房間裡的床，她說若有事要叫她，就敲這扇窗。

我在屋子裡走動，撫摸家具，試著把以前熟悉的感覺找回來。我走進爸爸的畫室，放置在牆邊的油畫，不論大小號畫作，完成或未完成的，主題只有一個，那就是媽媽，站著的媽媽、坐著的媽媽，井邊的媽媽、樹下的媽媽。在許多油畫的另一邊，我看到了輪椅。昏暗的

光線裡，我望著畫中媽媽削瘦的身影，日日夜夜，她是如何彎腰馱起七十多公斤的父親？她陪著半昏半醒的父親都說了些什麼？這原本不是我該做的事嗎？父親最後的一段路程裡，他不讓我知道，他要我安心養病，辛苦的事情全讓媽媽一肩扛下，有她在，父親在最艱難的時刻變得容易度過。

我也逛到後院，看見媽媽在餵雞。

「我可能還沒有好。」我踢著石子說：「很多事情想不起來。」

媽媽笑了，她說：

「我在山坡上種了番薯和芋頭，還有，我也想在這裡釘一個葡萄架。」

「我來幫妳一起做吧。」我說：「葡萄架可以當花房，下面種上一盆一盆的花。」

我走過去和她一起整理院子，我要在工作中，記起更多的事。

「爸爸最後跟妳說了什麼？」

「已經不能說話了。」媽媽說：「他最常跟我說的是：妳終於回來了，真好。」

黃昏到來的時候，我們兩人站在門前的屋簷下，看著這個園子的一草一木，在晚風中微微顫動，我看見屋簷下掛著一個鳥籠，一隻白文鳥攀附在籠子外面。

「籠子打開了，牠卻不走。」媽媽說：「也許

牠已經認定這裡是牠的家了。」

# 2. 送草藥的人

早上陽光剛開始耀眼的時候，我在院子外的小路上散步，回頭看見來了一輛拼裝的三輪拖板摩托車，一個年輕人抬腳越過車頭跳下來，拎著一包塑膠袋向家裡走，他望了院子前的門牌，轉頭看到我，向我點點頭，指著我的老家說：

「小妹妹，這間屋子有人住嗎？」

「我是男生。」我說。

「啊！對不起，你是一個很秀氣的小男生。」

媽媽抱著一堆衣服推門走出來，在屋簷下晾曬。

「這麼舊的房子，還真有人住。」他低聲對我說：「好漂亮，你看她是人是鬼？」

「她是我媽媽。」

「啊……」他張口結舌的看著我。

「是李醫師嗎？」媽媽的聲音從屋簷下傳來。

「我爸爸上山採藥滑倒了，扭到了膝蓋，送草藥的事，就輪到我阿西了。」

「啊！是這樣，他還好嗎？」媽媽晾著衣服說。

「在床上罵東罵西，精神非常好。」阿西說。

媽媽回頭對他笑了笑，轉身繼續晾衣服，她今天把長髮用一根筷

Mirai 2005

子盤在頭上，我看到阿西隔著竹籬笆，伸長脖子，盯著她看。

「別盯著她看！」

他回過神來，把那包草藥拿給我，然後對媽媽大聲說：

「錢妳收起來，這包藥跟你們搏感情。」

媽媽要走過來，我把那包草藥推還給那個年輕人。

「別理他，媽媽。」我大聲說。

他被我推得搖搖晃晃，喃喃自語的說：

「這是要給你吃的藥，就是你腦震盪吧？你看來還好，你們家還有誰腦震盪？」

「不關你的事！」我說：「你們全家才腦震盪。」

「要不是我爸爸叫我來，我還以為這是鬼屋呢？」

「那你快走吧，以後別來這個鬼屋。」

「好吧。」他拿回那包草藥說：「除非這兩個女鬼來找我。」

「我是男的！」我大聲說。

他跨上三輪摩托車，發動後轉了個圈，對準來時的小路，忽然大叫一聲：「看招！」就把那包草藥扔過來，然後哈哈大笑的加速逃走了。

晚上吃過酸中帶辣的晚餐後，媽媽就在鍋子裡煮那包草藥。

「那是什麼？」我問她。

「幫你恢復記憶的藥。」

「妳今天煮得菜都太酸太辣。」我喝著水說：「妳看食譜學的菜嗎？」

「看東埔寨的食譜。」媽媽對我神祕的笑著。

屋裡沒有電視，鄉下的夜晚，蟲鳴蛙叫就顯得更響亮了。我獨自在房間裡翻我以前寫的日記，日記裡的事情，大部分我完全想不起來，好像在看故事書，這個作者看來功課很不好，沒有幾個朋友，曾經打過架，咬過人，裡面有提到爸爸，卻都沒有寫到媽媽。廚房裡突然傳來媽媽的尖叫，我跑過去，看見她拿著掃把，對準牆角那幾個不停起伏的垃圾袋，緊張的說：

「快去找人來！李醫師就住在前面，離我們最近，快去！」

我在黑暗中奔跑，跑到一個爬滿牽牛花的竹籬笆前，不知道怎麼辦，只好大叫幾聲「阿西」，然後又跑回家去，我和媽媽站在屋外不敢進去。外面黑暗的小路上傳來跑步的聲音，阿西跑進院子來，他聽懂了狀況，撿起了兩根長棍子，一根給我，媽媽拿著手電筒打開後門，他們走到雞籠後面。

「拿棍子堵住另一邊。」阿西對我說。

雞隻拍翅亂叫，黑暗的雞籠猛烈晃動，好像馬上就要跳出來一隻怪獸，我大聲尖叫。

「別哇哇叫！」阿西在黑暗中吼著：「只是一條過山刀而已，牠跑到你那一邊了。」

我聽見另一邊媽媽

也在尖叫，然後是一陣亂棒齊飛的聲音，之後一片死寂。阿西從屋後的黑暗走出來，手中拎著一條長得拖到地上的蛇說：「有鍋子嗎？」

我這才回過神來，看見媽媽撥著零亂的頭髮，過來拉著跌坐在地上的我。

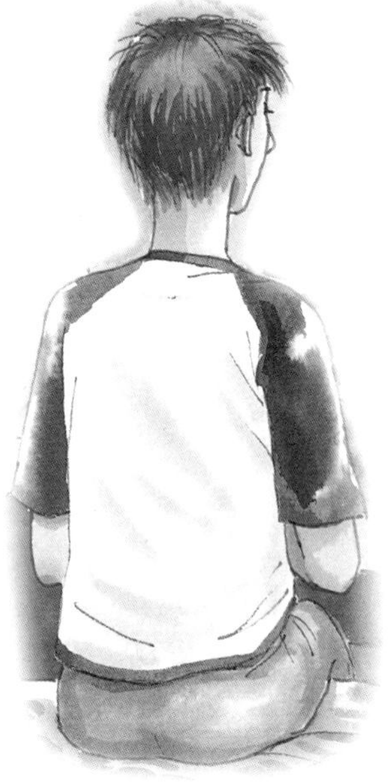

# 3.天天過節

媽媽把剩菜拿到院子裡，給她種的蔬菜當肥料，阿西的摩托車聲遠遠傳來。

「昨天的蛇湯好吃嗎？」他看著我們說：「你們兩個都太瘦了，要吃好一點。」

「又不是過節。」我說。

「要過節才能吃好東西，那還不簡單？我們就天天過節嘛。」阿西

說。

「最近有好多斑鳩飛下來，亂吃園子裡的東西。」媽媽說：「還拉屎在晾曬的衣服上。」

「正在說呢，節日就來了。」他舒展一下筋骨對我說：「小妹，去拿把鏟子來。」

「我是男生。」我說。

他抓抓頭皮，輕揮雙手，像趕小雞似的對我說：

「好吧，兄弟，拿鏟子來。」

他在院子裡空曠處，挖了一條約十五公分寬、十公分深淺的小壕溝，長度大概八公尺，在溝道裡撒上米粒、紅豆、花生，也隨意在附近散落一些，然後就進屋裡去洗手，他叫我們都進到屋裡，不要在外面走動。

「可以先煮一鍋熱水，等一下拔毛用。」他對媽媽說：「還要拿幾個麻布袋來。」

「就這樣？」我望著窗外對阿西說：「我們就等著吃斑鳩大餐了？」

「這招是我小時候的小發明。」阿西得意的說：「等一下斑鳩會飛下來吃東西，只要牠進到淺溝裡去，就只能被活活的抓起來，班鳩的體重跳不出壕溝，看到人來，翅膀又被壕溝卡住張不開，我們要吃多少抓多少。」

媽媽拿茶出來，我們坐在屋子裡喝著茶，邊聊天邊等待。

「我們是鄰居。」阿西說：「雖然要走個十多分鐘，但在這山邊算我們兩家最近了，以前我們老家在街上，年初才搬來這邊的，這裡的院子大，曬草藥方便。」

「李醫師常拿藥來給你爸爸的。」媽媽說。

「我在台北讀書，每年暑假才回來，今年剛畢業，你的事，我是聽家裡人告訴我的。」阿西轉頭對我說：「你完全記不起來車禍的事情嗎？」

「一點畫面都沒有。」我搖搖頭說。

「你的一個男同學，偷開他爸爸的轎車載你去玩，在台九線快到瑞穗的路上，把電線桿撞成兩截。」

「那個同學是誰呢？他還好吧？」

「他不必去醫院。」阿西喝了一口茶，沒有再說什麼。

媽媽對我說：

「不要急，想不起來沒關係，我們談些別的事情吧。」

阿西拍拍我的肩膀，站起來到窗戶旁邊，窺看外面的情況。

「這麼快就來了。」他輕輕揮動手臂說：「看到沒？在溝裡的至少有八隻。」

我和媽媽靠過去看，阿西在我耳邊說：

「兄弟，準備好了沒？昨天是吃蛇節，今天是斑鳩節。」

門打開了，我們三人各自拿著麻布袋，衝出門去。

阿西喜歡用大火快炒斑鳩肉，加上大蒜和辣椒，米酒往鍋裡一

倒，煞的一聲，香味隨著騰騰熱氣散開。媽媽喜歡喝慢火清燉的斑鳩湯，加上薑絲和幾朵香菇。我則是拿好碗筷，等著吃肉又喝湯。我們用那個簡單的陷阱，連吃了三天斑鳩，阿西每天下午送完貨就跑來吃，每回也都會帶一些草藥來，不管是食補用的，還是燒來洗腳的藥草浴，一概是摶感情，分文不要。

這天下午，他又拿了一包說是補血的藥材來給媽媽。

「你怎麼跟你爸爸結賬？」媽媽問他。

阿西用大笑聲代替了回答，他對我和媽媽說：

「這幾天在靠近山邊的玉米田裡，跑下來一群猴子，把玉米田弄得亂七八糟，今天我帶你們去抓小猴子。」

我們坐上他的拖板車，騎到一處玉米田，阿西帶我們坐在山坡高處的樹蔭下。接近落日時，遠處山坡的樹林裡就竄出來一群猴子，大約十五、六隻，牠們吱吱喳喳的鑽進茂密的玉米田裡，又拉又扯的摘取金黃的玉米，拿在嘴邊隨意啃兩口就丟掉，回頭又去拔其他的玉米。

「真浪費，怪不得農民生氣。」我扯著阿西說：「我們去抓牠們。」

「還不急，現在也抓不到。」阿西微笑著說：「再等一下，快了。」

猴子們把玉米田糟蹋得一片零亂，我仔細觀看，發現猴子左手拔一根玉米，就塞在右手臂下夾住，然後換右手拔下一根，放在左手臂夾住，這樣一邊拔一邊掉，永遠只拿到一根玉米。

媽媽看得笑了起來，阿西指著遠方叫我們注意看，我看到一群大猴子合力抓住一隻小猴子，把牠按在地上，其他的猴子拿來長葉和草藤，把小猴子連同摘來的玉米一起綑綁起來，然後兩隻大猴子一前一後的，把小猴子當拖板抬著走。

「就是現在了。」阿西說完拿出預藏的鞭炮，跑上前去，在猴群上方劈里啪啦的炸響開來，大猴子驚嚇的丟下小猴子，紛紛逃走，地上就剩下那隻動彈不得的小猴子，齜牙裂嘴的尖叫著，阿西一把抓住，把牠高舉在空中，媽媽跑過去說：

「放了牠吧，可憐的小東西。」

阿西哈哈大笑的把牠放在地上，解開纏繞的草藤，讓牠連滾帶爬的逃走了。

一整晚，我和媽媽不斷談著猴子的種種可笑模樣，聊到很晚才睡。

Mirai2005

# 4. 以前的朋友

李醫師要我到他住的三合院去，他為我壓揉著頸椎處和頭部的穴道，說是有一股氣阻塞著，氣散了，頭腦就清醒了。我去做了幾次，有點痛，就不去了。

阿西來看我，他站在房間門口說：

「你應該多出去走走。」

我把以前寫的日記合起來，重重放在桌上說：

「你以為我不想？我怕大家知道，我根本就沒有好，如果在外面遇到以前的朋友，他們跟我打招呼，我是叫不出他們名字的。」

「這很正常啊，每一個人都是這樣啊！」阿西張大眼珠說：「你上車，跟我去送貨，我讓你看看每個人都是這樣的。」

他跟廚房裡的媽媽說了一聲，就用三輪摩托車載我出去逛了。

阿西一邊騎著車，一邊揮手向路上的老人打招呼，不論是在大街上或是在田間小路，他一看到老人就把車停過去，大喊著：

「哈！好久不見了，你不記得我

了嗎？我就知道你忘記我了，你應該記得我，你記不起來嗎？我記得你，你卻不記得我，我一看你的表情就知道你不記得我，我沒忘記你，你不應該忘記我的，我都記得你，你怎麼不記得我，你再想一想。」

大部分的老人都拍著頭，微笑著向他道歉，也有幾個老人家表情認真的在努力回想，直到我們的車走遠了還站著不動。

「你看吧，你和大家一樣正常。」阿西說：「也許大家上一輩子都是親人、朋友，只是這一世忘記了，所以我說，你不要太緊張，會笑的人，病才好得快。」

他繞著大街小巷跑，一邊把車上一袋袋的草藥分送出去，一邊尋找老人打招呼。在回家的田埂路上，白鷺鷥成群張翅飛起，一個婦人遠遠背著嬰兒獨行，她的身影倒映在水田裡，我們的車慢慢接近她，

與她交會而過，我拍著阿西要他停車。

「怎麼了？是不是想起什麼了？」阿西說。

「那是雞皮的媽媽。」我回頭望著遠去的背影，小聲說：「我想起來了，我小學六年級的同學雞皮，他要用枴杖走路，他的媽媽是後來才到他們家的大陸新娘，每天上學和放學，都要背他走過一段山路。」

「瞧，我說出來走走有好處吧。」阿西說。

「我們走吧。」我說。

阿西發動機車，把車頭轉個大彎，騎到一所學校的操場裡，他要我看著操場上兩個在慢跑的人，我看見一個女人從身後抱著前面的男

人，男人呆滯的眼神一直向上仰望，洞開的嘴邊滴掛著口水，他的雙腿是拖在地上前進的，偶爾會踏出兩步，他們從我們前面慢慢跑過時，我聽見了那女人喘著氣說：

「很好，再來，一二一二……」

「那個男的叫阿國，是我的高中同學，溺水變成了植物人，五年了，他的媽媽每天抱著他跑操場，下雨天就在教室的走廊上跑，沒有掌聲，沒有獎狀，她從不間斷。」

「他的媽媽真偉大。」

「那是他的越南媽媽。」阿西對我說：「我相信那個越南媽媽，是

阿國很久以前的朋友，現在又回來了。」

「你和媽媽很久以前也是我的朋友吧？」我說。

「如果有一天你全部想起來了，也請你要珍惜你以前的朋友。」

「我會的。」我說。

# 5. 謀殺鰻魚節

炎熱的下午，我和媽媽在鳳凰樹下，撿那些蟬蛻之後留下的空殼，媽媽把它們放在窗台上。阿西騎著三輪摩托車在門口停下，他跳下車來，甩動手上的鑰匙圈說：

「我的貨車升級了，變成賓士的了。」

他給我們看手上的新鑰匙圈，原來是鑰匙圈上有賓士品牌的造型圖案，他自得其樂的笑了一陣子，然後對我說：

「兄弟，晚上我帶你去抓鰻魚來吃，什麼都不用準備，帶個手電筒就行了。」

阿西走後，媽媽對我說：

「早上我去市場買菜，有人說了難聽的話。」

「說什麼？」

媽媽把橡皮筋咬在嘴裡，雙手把長髮束成馬尾，再把橡皮筋綁上去，她甩動頭髮的樣子好看極了，她說：

「我聽不懂，反正阿西不能天天來這裡了。」

晚上十一點多了，我和媽媽都躺在

自己的房間裡，院子外傳來有人吹樹葉的聲音，是一首聽來很輕快的音樂。

媽媽打開我們房間中間的窗戶說：

「不可以出去。」

「妳放心，我去跟他說，我不能出去。」

我一出門就跳上阿西的機車，他載我到馬太鞍溪邊的水塘濕地，我們拿著手電筒在長滿蘆葦的水塘邊搜尋。

「鰻魚又叫鱸鰻，會在夜裡爬出水面去吃蘆葦的嫩芽。」阿西低聲對我說：「爬上岸後，在濕軟的爛泥上留下爬過的痕跡，牠有個致命的習性，會照著原來的痕跡再爬回水裡，只要在牠爬過的濕泥裡，埋下鋒利的刮鬍刀片，露出刀鋒，鰻魚的肚皮滑過刀鋒，順勢就劃開了肚皮，我們只要在清晨露水未乾的時候再來，一條條剖開的鰻魚已經

躺在地上任你撿了。」

「好陰險，簡直是謀殺。」我倒吸一口氣說。

「是啊，人類捕捉獵物的心思很可怕，但是遠遠比不上人類對付同類所用的手段。」

在手電筒的照射下，我們果真在濕泥上，找到深淺不一的爬行痕跡，阿西小心翼翼的埋下刀片，然後我們就騎著機車趕回家去。

我躡手躡腳的走進房間，媽媽還沒睡，她隔著窗戶說：

「你再騙我，我就把你關在門外。」

天空剛剛透出一點白光時，阿西又在外面用樹葉吹起那首曲子，我爬起來，打開床邊的窗戶對媽媽說：「吵死了，我去把他趕走。」

我跑出去又跳上阿西的機車，當我們趕到放置刀片的濕地上時，已經不需要開車頭燈了，我們拿著袋子在蘆葦間搜尋著，撿起肚破腸流的鰻魚，阿西並把刀片都收走。

我們興奮的趕回家去，但是進不去了，媽媽不理我。

阿西就帶我先到他家去吃早餐，讓我看有線電視的節目。我還跑到阿西的房間裡，用他的電腦上網，等我想回家的時候已經快中午了。

我和阿西拿著用袋子裝好的鰻魚回到家，媽媽還是不肯開門，叫她也不回應。

我對阿西說：

「我們就在院子裡生火烤鰻魚，她聞到香味，氣就消了。」

「我回家去拿烤肉醬來，今天是謀殺鰻魚節。」他說完快步走了。

我在院子裡的竹籬笆旁，堆了幾塊石頭，再放上乾草和枯枝，點

上火後它只冒了一絲白煙，我很失望，跑到院子外，再去找更多的枯枝來，但是當我抱著一捆枯枝回來時，竹籬笆已陷在火燄裡了，我叫喊的跑去敲門，媽媽從屋裡端著盛水的臉盆趕出來滅火，沒想到一盆水潑下去，火不但沒熄滅，反而越燒越旺，迅速向四周蔓延，火勢在風的助長下呈圓形擴

大，烈燄怒吼似的往上衝高，把籬笆外的兩棵小枯樹瞬間吞掉了。我從來沒看過這麼壯觀的大火把，濃煙滾滾中，阿西拿著沾濕的拖把衝進烈火裡拍打，媽媽也拿著竹掃把在飛揚的灰燼中揮舞，兩人移動的腳步下星火亂竄，在焦黑滾燙的土地上換著單腳奮力撲打，火舌爭食的爆裂聲中，來了兩輛消防車，在強力水柱的噴射下，火場才在大家的驚恐中，變成一片焦土。

消防車走了，尋夢園半邊的籬笆沒了，外面空地燒掉的面積有半個操場那麼大。

「你們玩得太過分了！」媽媽擦著燻黑的臉說。

我和阿西看著彼此污黑的臉，誰也不敢說話。

Mirai 2005

# 6. 愛情偵查兵

李醫師要我再到他那裡去，他堅持說推拿穴道，打通氣脈，才會好得快。

阿西等我按摩完畢，帶我到廚房拿甘蔗給我吃。我一邊吐甘蔗渣，一邊聽他不停的訴苦，他說他完了，他沒辦法睡覺，沒辦法看紅綠燈，他的魂被一個女鬼勾走了。

他拍著我的肩膀說：

「兄弟，是哥兒們就要拉我一把。」

「幾根甘蔗是不夠的。」我吐著渣滓說。

我接下了這個任務，我是阿西愛情突擊隊的偵查兵。我的條件很簡單，要讓我騎賓士機車，就是那輛拼裝的三輪拖板摩托車，以及無限供應我和媽媽去吃糖廠的冰。

「如果有人問你……」

「放心，如果我被俘虜，只報兵籍號碼，絕不吐露軍情。」我拍著胸部說。

「但是，我沒有什麼理由再去她家了。」

「那就要想個理由，讓她非要你去不可。」我搖著垂頭喪氣的阿西說：「說得她全家都病得不輕，說得她每天都要吃你們家的草藥，否則活不下去。」

「這個方法靈嗎？」阿西拍著後腦勺說。

「那要看你對中醫的本事了。」

「開玩笑，打一個嗝兒我都能分辨出二十幾種病徵。」阿西挺直腰桿說：「我爸還能按著對方的脈膊，就能說出他昨天吃的食物呢，真的！你可以去打聽看看。」

我和阿西有了這個軍事機密之後，連著幾天，我都騎著那輛三輪摩托車，載著媽媽去糖廠吃冰，但是並沒有什麼偵查的任務給我。過了幾天，我把車騎回他家，站在三合院外，聽見阿西在浴室裡，一邊潑水一邊扯著嗓子唱情歌。我走進客廳，正好聽見李醫師的太太說：

「你兒子在哮豬母了！」

「等兵單一到就沒事啦。」李醫師搖搖頭說。

浴室的歌聲停了，李太太進去，他們說話的聲音從後面傳出來：

「你在大學四年，都沒交到女朋友嗎？不能找別的女孩嗎？」

「牛吃草、豬吃餿，妳不用煩惱。」

院子外的地上潑下來雨滴，阿西套著汗衫，頭都還沒擠出來，搖搖晃晃跑出來說：

「糟糕，我要去玄天上帝廟那裡問一個籤詩。」

我望著屋外傾瀉的西北雨，對阿西說：

「何必冒著大雨去廟裡擲筊？不是常說，菩薩是遍法界、盡虛空的嗎？你現在誠心祈求，然後我們打開電視，聽到電視裡的第一句話，就當是神明的回答。」

阿西對屋外的大雨皺了皺眉頭，說了句：

「沒辦法，誰叫我這麼急。」然後閉上眼睛，嘴裡唸唸有詞。過了一會兒，他張開眼對我點點頭，我們走到電視機前，他突然衝過去抱住電視哀痛的說：

「不行，這太不正式了，我一生的幸福就跟丟骰子一樣。」

「你要對神明有信心。」我說完按下電視遙控器，螢幕上出現一個廣告說：

「大獎等你拿，現在就把獎品搬回家！」

阿西衝出屋外，在雨中手舞足蹈的鬼吼起來。

第二天我和媽媽去市場買菜，又遇到阿西，他對我眨眼睛，叫我到旁邊去說話。

他對我耳語的說：

「救我，我的心跳快停止了，我看到她了。」

「在哪裡？你快去跟她說話。」我推著他說。

「要說什麼？」

「你變笨了。」我把手伸進賣魚攤販旁的水桶裡，把手沾濕，然後把水滴彈灑在阿西的頭上，對他說：「釋迦灑水會熟得快，在你頭上灑水，你就會變聰明點。」

阿西滿臉水珠，卻仍站著不動，我對他說：「你要先看她在哪裡，然後從市場的另一頭逛過來，這樣才像不小心遇到她的。」

Mirai2005

「如果遇不到她了呢？」

「不會的，這一世都讓你遇見了，一個小市場算什麼？」我推著他說：「你要趕快練習，這樣下一世你還能再找到她。」

阿西對我豎起大拇指，轉身走了。

在市場中，我幫媽媽提著菜籃，注意著人潮裡的阿西，我看他在擁擠的人群中，一遍遍的走來走去，沒看出他要找的女孩是哪一個。魚攤上擺的活魚翻跳著，看起來都像是昨天的同一尾魚，好像牠一直就是這樣活著，永遠死不了。

阿西來來回回的，像一尾魚穿梭在人群裡。

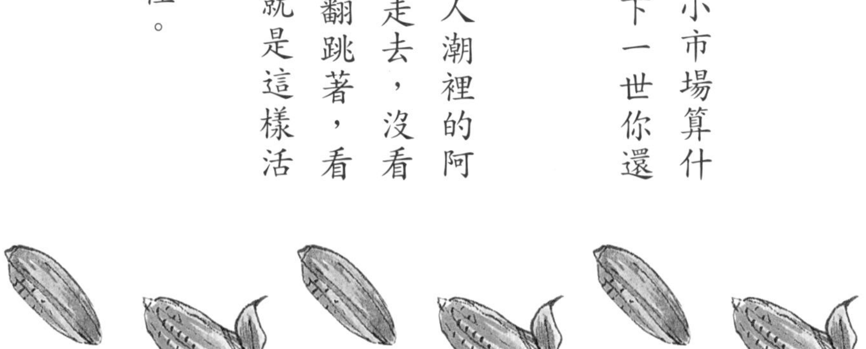

# 7. 一雙新鞋

早上起床後，媽媽進來房間跟我說：

「阿西打電話給我，說他上午時間都有空，他可以來教你國中的數學。你覺得讓他來家裡，這樣好嗎？」

「怎麼問我？妳不是不讓他來嗎？」

媽媽點點頭，走出去了。

我們在吃早餐時，電話又響了，媽媽拿起旁邊的電話，話筒裡面

傳出阿西的聲音：

「趁我有空，不會快問，保證教到會，全部免費，搏感情嘛。」

媽媽轉頭看我，我打了一個噴嚏，媽媽說：

「他點頭了，那好吧。」

我們吃完早餐，阿西就跑過來了，他嘿嘿笑的向媽媽打招呼，媽媽沒有表情，提著菜籃，騎上機車出去了。阿西叫我把以前的數學課本都翻出來，我們光是用在找課本就花了一個早上。

他搖著頭說：

「如果你本來就不會，那麼你也就沒有忘掉什麼，這樣一想，反倒

覺得你不吃虧了。」

媽媽買菜回來了，她拿給我一個盒子，面無表情的轉身到後面廚房去了。我和阿西打開來看，原來是她給我買了一雙慢跑鞋，穿著襪子套上去，剛好合腳。

「不用帶孩子去，就能買鞋，沒有幾個媽媽做得到，她真的很關心你。」

「好是好，只是拿錯了。」我說：「怎麼拿到粉紅色的？這是女生穿的。」

下午媽媽帶我去賣鞋的地方，讓我挑顏色，我把鞋子換回藍色的。她又到旁邊的童衣店幫我買衣服，我不要進去，拿著我的鞋子站在外面等。

有一個瘦黑的男生走過來對我說：

「老大，好久不見了，你回來了。」

「你在跟我說話嗎？」我看著他說：「你是誰？」

「你不記得我嗎？我是你以前的好朋友。」他瞇著細小的眼睛笑，他說：「你的朋友都在馬路那邊等你，你看到他們就會想

起來了。」

我抱著鞋子跟他走，走到一個堆放許多垃圾袋的死巷子裡。

「他們在哪裡？」我問他。

「你回頭看看，不是來了嗎？」

我回頭看見七個男生走過來，我向他們微笑，但是他們沒有一個人笑，有一個人說：

「不愧是老大，還笑得出來。」

「謝謝你們來找我。」我說：「但是很抱歉，我還不能叫出你們的名字。」

他們聽到我說的話，臉上都愣了一下，互相張望，過了一會兒，才有人說話：

「你也不記得阿修羅隊員了？」

「你在說什麼？修什麼鑼？」我說。

他們堵住巷子，瞪著我沒有回答。

「我媽媽在等我，我要走了。」我說。

「看來是真的了，他什麼都忘了。」一個最高大的男生，往後退到牆邊說：「他現在變成這樣，已經算玩完了。」

「我也算了，你們都看到了，他居然要牽著媽媽過馬路。」又有三個人退出。

有一個人跳出來，指著自己額頭上的疤痕說：

「你不應該忘記這個吧？」

他開始打我，我倒在垃圾堆裡，除了站

Mirai 2005

在牆邊的四個人，其他的人上來搶我的新鞋，把它扔掉，他們踢我、撕我的衣服，我聽到有一個聲音大喝：

「夠了！講好只揍他，不要做出低三下四的動作！」

他們停止了。我爬起來，撈起水溝裡的新鞋子，走了。

媽媽從店門口跑過馬路來，她用衛生紙擦拭我的鼻子。

「媽媽，我不該離開妳的。」我看到衛生紙上的血，拍拍自己對她說：「我不痛，我們回去洗鞋子吧？」

# 7. 一雙新鞋

# 8. 暗夜閃電

我幫媽媽一起做晚餐，她看我熟練的撕著花椰菜的外皮，她說：「想起來了嗎？你以前一定會做菜。」

「也許吧？我還知道炒菜不要放太多水，這樣菜會不甜。」我笑著對她說：「但是我也擔心，會想起妳對我不好的事情，變得不喜歡妳了，不然我以前的日記裡，為什麼都沒寫到妳。」

媽媽看著我，眼神有一點吃驚。

夜裡有幾次閃電，燈光忽明忽滅，接下來有幾次輕微的地震，之後遠處不時傳來野狗忽近忽遠，吹狗螺的哭聲。媽媽打開隔著我們兩個房間的窗戶，叫我到她房間陪她，媽媽說她怕鬼，今晚要開燈睡。

「只是狗叫而已。」我說。

這個晚上，從開始閃電後，我就感覺到有些怪異的事情，首先是我翻著有點破損的照相簿，看著裡面的老照片，雖然無法記起照片裡的人和事，但是所有的照片裡，卻都沒有媽媽。再來就是，我發現用台語跟媽媽講話，她都不回答。

「妳知道這些疤痕是怎麼來的嗎？」我攤開左手腕，讓她看我動脈上面的三道疤痕，繼續說：「告訴我，發生了什麼事？我實在沒有印象。」

媽媽搖搖頭，翻過身去。

「媽媽，妳怎麼了？」我輕搖著她說：「為什麼不告訴我？」
媽媽背對著我躺在床上，我起身要出去，她坐起來說：
「不要走，在這裡陪我。」
「好的，我去拿照相簿來這裡看。」我說。

我坐在她的床邊翻照片，媽媽睡在床上，她雙手緊握壓在胸口，全身僵硬，頭髮沾黏在潮濕的脖頸上，不時說著零亂的夢話，聽起來像是一種外國語言，突然一個翻身驚呼，醒了過來，她全身是汗的喘著氣，轉頭看到我，稍微平靜下來，她撥著額前濕亂的頭髮，去浴室洗澡。

我繼續翻找著家裡所有的老照片，在我的床下，發現一個小木盒，裡面是過期的車票和一些小卡片，然後看見一張發黃的照片，一個約周歲的小孩坐在媽媽的膝上，那時的她，靦腆的笑容像個少女。

浴室傳來媽媽在沐浴的水聲，我收起相片，輕輕走到浴室旁，從浴室半掩的門縫裡，看著媽媽的背影。她的肌膚光滑仍似少女，水流順著她的長髮瀉下，沒有一絲白頭髮，她為何還能如此青春不老？

我輕輕推開門板，走進浴室，張大眼睛仔細看著她，她突然轉過身來。

我指著她大聲說：

「妳不是我媽媽，我媽媽已經死了？妳是誰？」

# 9. 沒禮貌的客人

上午，一台休旅車在院子外停下來，從車上下來一男一女，男的肩上扛著攝影機，女的手上拿著麥克風，他們直接走進院子來。

「就是這裡。」女記者揮著手說：「小陳你過來！鏡頭帶到這裡，破舊的屋子當背景。」

他們把要拍的位置調整好，然後女記者說：

「妳聽得懂國語嗎？妳叫什麼名字？頭髮不要整理，這樣憔悴的樣

子剛好。」

「我叫彩虹。」

「聽說妳是光復這裡，嫁過來聘金最高的一個外籍新娘，是嗎？對這一點妳有什麼看法？覺得這價錢夠不夠？」

她把麥克風推在彩虹臉上，碰到了她的鼻子，她不等回答又繼續問：

「請問妳滿二十歲了嗎？年齡相差太大，老少配的婚姻幸福嗎？……

……啊！小陳，先關機，我忘了補妝。」

男記者放下肩上的攝影機，女記者拿出包包開始補妝。

這時阿西拎著一包草藥走進院子裡，他望了望那兩個人，走到我們這邊說：

「他們來幹什麼？有什麼好採訪的？」

彩虹搖著頭沒說話，阿西拍著我的肩膀說：

「兄弟，聽說你昨天晚上暈倒了，哈哈，我拿藥來了，不苦，安神醒腦。」

女記者和彩虹重新對著鏡頭站好

位置後，女記者問：

「現在妳在台灣的配偶死了，婚姻關係不存在了，必須要離境，對於這樣的結果，妳會不會難過？」

「妳這是廢話嘛！」阿西大聲說：「來拍我吧，我配偶死了，我哈哈好高興。」

「請你不要妨礙我工作！」女記者說：「小陳，重新再來。」

「妳申請的居留時間就快到期了，妳想不想留下來？還是要回柬埔寨？」

「我想留下來找工作。」彩虹說。

後來女記者對著鏡頭說：

「外籍新娘由於還未取得身分證，沒有合法工作的管道，以至於很多人從事……」

「妳給我閉嘴！」阿西衝上去大喝。

「人民有知的權利！我在報導，你不要干涉新聞自由！」女記者說。

彩虹轉身回到屋子裡去了。

阿西不耐煩的對他們說：

「不要再拍了，你們走吧。」

「沒關係，她不接受訪問，我們自己做結論，等一下還要趕去警察局，聽說又抓到偷渡的大陸妹。」女記者拿起麥克風，清清喉嚨，開始用職業性的口吻說：「由於政府的政策舉棋不定，造成許多外籍新娘受到不平等的待遇……」

「對不起，攝影機沒電了。」男記者放下攝影機，尷尬的說：「剛才那一段沒拍到，等一下我們從妳站在污水中，拿著掃把開始吧。」

NEWS
Mirai
2005

女記者雙手交叉於胸，怒視著他。

阿西把我拉進屋內，把門關上說：「不要上電視，那些記者每天只想把別人弄得跟他的腦袋一樣髒。」

我們三個人站在窗邊看著外面。

「去休息吧，媽媽。」我頓了一下又說：「去休息吧，彩虹。」

# 10. 美麗的家園

自從我的記憶恢復後，我不再陪她上市場，早上，我故意躺著，等她從市場買菜回來才起床。我不再跟她一起煮菜、做家事，也不幫她撿樹下的蟬蛻了。

「妳到底在忙什麼？」我跑到後院，對著正在餵雞的彩虹說。

「我要去釘葡萄架，還有，我在山坡上種了番薯和芋頭。」她說。

「妳就要離境了，它們收成或爛掉妳都看不到，不必再浪費力

氣。」我說：「剩最後不到一個月，妳何不去畫畫？裡面多得是爸爸的顏料、畫筆，妳知道它們在哪裡。」

「我不會畫畫。」彩虹說。

「想到什麼，就畫什麼吧。」我踢著石子說：「再過一個月，我會去花蓮讀書，妳會坐飛機回家，這裡會租給別人，或是賣掉，誰知道？反正都不是我們倆能決定的。大人們說，妳的婚姻關係沒有了，雖然妳來了快一年，但妳不是這裡的人，懂嗎？」

彩虹雙手垂下，低頭站著。

「我也不懂為什麼這樣？」我拍著額頭，呼出一口氣說：「妳沒有做錯什麼事，但是妳讓我覺得虧欠了妳。去玩吧，剩半個夏天，不必努力了，什麼都不必做，只要浪費掉就好。」

我幫她把畫架放在窗前，叫她在畫布前坐下，從窗外看出去，正好是上次燒掉的一片焦土，我幫她在調色盤上擠上一些顏料，她拿著筆呆望著窗外，我大喝一聲：

「快畫！」

她在畫布上畫下第一筆。

院門口有人丟進來一張宣傳單，我走出去拿，進到屋裡看完後，順手揉掉丟在垃圾桶裡。

晚上吃飯時，彩虹對我說：

「吃慢一點，小心魚刺。」

「不要再玩家家酒了，妳不是我媽媽。」我放下碗筷說：「妳才大我幾歲？」

我們兩人繼續默默的吃飯，屋子裡只有碗筷輕微的碰撞聲。

晚飯後，她洗好碗筷，拿著那張皺巴巴的宣傳單，走過來對我

說：

「上面在說什麼？我看到有很多國旗，和新娘兩個字。」

「是鄉公所舉辦的外籍新娘識字班。」

「我想去看看，還有沒有其他柬埔寨來的人。」

「何必問我？妳想去就去。」

「機車壞了……」她喃喃的說。

她獨自一個人往外面黑暗的小路走了，我坐在屋簷下，看院裡飛舞的螢火蟲。後來又走到屋內，看著爸爸的油畫。到了平常要關燈睡覺的時候了，還不見她回來。

我拿起手電筒往屋外的小路走去，黑暗的路上，除了蛙叫蟲鳴，還有遠方的狗吠聲，在手電筒的光束裡，我看見彩虹蹲在黑暗的田埂邊。

「別哭了，下次再去就好了，回家吧。」

我說。

接下來幾天，我忙著在家裡打電話。

我一天比一天記起更多的往事，我有太多的話要跟「阿修羅」的隊員講，我更想聽聽他們現在的情況。我也記起來是誰載我出去的，我從同學那裡問出他骨灰安放的地點，他是一個同學的表哥，他沒有偷開他爸爸的車，他開的是他爸爸買給他的新車，那天是他十八歲的生日，最重要的是，我們不是去玩，我們是去為朋友討一個公道。

彩虹聽到了我在電話裡說的事情，走

過來說：

「難道恢復記憶，是為了把過去的怨恨，再撿起來燒自己嗎？」

「妳根本連怨恨的能力都沒有，所以沒人會尊重妳。」我大聲說：

「還有，別再用媽媽的口氣對我說話，我不再是以前的我，我康復了。」

「你爸爸希望你得到這樣的康復嗎？」她輕輕的說。

我不理她，繼續打電話叫「阿修羅」人員歸隊。

一陣敲打木頭的嘈雜聲，打斷我和朋友講話，我掛下電話跑出去，看見彩虹在釘葡萄架，我站在屋簷下大喊：

「妳找不到更好玩的事嗎？」

彩虹把手中的鐵鎚放下，沒有說話。我回到屋子裡，繼續打電話。

隔天清早，晨曦透窗我就起床，我揉著眼睛走出房間，經過畫室的走道時，一眼瞥見窗前的畫架上，有一幅剛完成的畫，清晨的朝陽下，從窗戶望出去，外面是一片焦黑荒蕪的土地，窗裡的畫布上卻是一座美麗的花園，火紅的鳳凰樹下綠草如茵，蝴蝶飛舞圍繞著一個果實纍纍的葡萄架，葡萄架下面，有一盆一盆的花，潮濕的顏料還未乾，那味道聞起來像是從畫裡的花卉散發出來的花香。

我向外走出去，踩在那一片焦黑的土地上，看見地上已冒出了新綠的嫩芽，草葉間閃爍著剔亮的露珠，一棵棵嶄新的生命，正頑強的從焦黑的過去裡，吸收養分，獲取向上挺直的力量。

屋裡的電話響起來，是「阿修羅」裡的暴牙在叫我老大，我對他說：

「不要再叫我老大了，我要你跟所有的人講，不要再玩了。」

「怎麼了？老大？我是暴牙，你還記得我吧？雖然大頭和龍哥去讀軍校了，歪歪跑到舞鶴的女朋友家去種茶，但我們還是很強的，就算馬臉騎車摔壞了，站不起來了，我們還有山豬和肉粽，我們還是花東縱谷裡最強的阿修羅。」暴牙開始激動的說：「你說過的，我們不要再被人瞧不起，我是因為認識你，才覺得自己有用的，老大。」

「暴牙，你對我很好，我會永遠記得我曾經有一個朋友，不論什麼情況，永遠都是他第一個到，用身體護著我，最後一個走。」我用力吞嚥下口水，繼續說：「直到現在，你也是一樣。再見了，好好把你爸爸的滷味學起來，下次我到你家，我要吃你滷的雞腳。」

我放下電話，回頭看見彩虹站在我身後。

「我們一起來玩吧。」我從旁邊的抽屜裡拿起鐵鎚，對她說：「釘葡萄架最好玩了。」

# 11. 有辦法的人

茶葉行的櫥窗前，陳列各式標著價錢的樣品，我和彩虹在盤算著手上的錢。

「這種烏龍茶就很好了。」我指著一包茶葉說。

「他是個有辦法的人，一定喝很好的茶。」彩虹把口袋裡所有鈔票和銅板全掏出來說：「只要他願意幫忙，一定可以讓我留在台灣的。」

「鄉代有這麼大嗎？」我說。

「我聽其他外籍新娘說的。」彩虹說：「我們把買菜的錢挪一半來吧。」

她買了最貴的那種茶，請老闆用禮盒包裝起來，然後按照地址去拜訪一位姓盧的鄉代表。那是一棟有高牆圍繞的別墅，三條黑色的大狼犬撲在大門的欄杆上，對我們狂吠不已，有一個菲傭把狗牽走，帶我們到一個挑高設計的大客廳，我們坐在柔軟的真皮沙發上，我要彩虹抬頭看豪華的水晶吊燈，她扯著我的手，要我看落地窗的歐式窗簾。寬大的樓梯發出聲響，一個鼓著大腹的中年男人，順著發亮的櫸木扶手下來，把一串鑰匙扔在鋼琴上，對菲傭說：

「叫小張把車子開出去洗一洗，順便打蠟。跟他講，車胎的氣不要灌太飽，輪子軟一點才好坐。」

他走到我們對面，揮手叫我們坐下，自己一屁股沉在沙發裡，他抹抹禿頭對彩虹說：

「妳以後要先打電話來，今天妳是賭到好運，剛好沒人來講事情，不然也沒辦法。妳看上面掛的這塊『為民喉舌』的匾額，妳說這塊匾額有多重？太多人靠我吃飯了，錢對我不是問題，你們現在就坐在二十萬上面，我這茶桌上的小玩具，隨便打破一個都是別人半年的薪水。妳看我手上的這串靈牙佛珠，是取自母象的胎內，小象的象牙做成的，一次殺兩頭象啊，有錢都買不到，只要花錢能解決的都好辦，但是妳的事就麻煩了。」

他用戴著金戒的小指摳挖鼻孔，轉頭叫菲傭過來，叫她把茶桌上的水壺拿去裝水。

「大陸名家做的，別打破，扣妳薪水都不夠。」他對傭人說著，一眼瞥見桌上的禮盒，指著彩虹說：「妳拿來的？」

彩虹點點頭。

他把那罐茶打開，把鼻子埋進去聞，隨口對彩虹說：

「妳是想要繼續留下來是吧？」

彩虹點點頭。

菲傭拿茶壺來了，他開始燒水，並從旁邊拿出一個純白的瓷湯匙和杯

Mirai 2005

子，他把彩虹的茶放在杯子裡面泡，用那支白湯匙放進去輕輕撥動，舀一瓢茶水觀察色澤，接著拿起湯匙的底背在鼻孔上聞，慢慢端起那杯茶，順手一翻全倒進桌下的垃圾桶裡了。

「很多人都要我幫忙延長居留，我這是內政部還是外交部？」他張嘴打著哈欠說：「外籍新娘每隔半年，要接受健康檢查，全面防止愛滋病在台灣擴散，妳呢？有沒有按照規定，去做愛滋病的檢查？」

彩虹點點頭。

在回家的路上，我們停在珍珠奶茶的攤販前買飲料，等我爬上機車後座時，遇見阿西正要去送草藥，他笑嘻嘻的走過來，拍拍我們的車頭說：

「你們要去哪裡玩啊？」

「我要去檢查愛滋病。」彩虹面無表情的說完，催起油門，把他丟在身後。

我從照後鏡裡，看見阿西一臉無辜的呆立著。

晚上，我到阿西家去借用他的電腦上網，查一些關於外籍新娘的管理辦法。

「原來你們今天就是去找電動盧是嗎？」阿西說：「他是做過一次鄉代，現在不是了，曾經被關過幾年，所以大家才知道他的錢是怎麼

來的。」

「他的錢怎麼來的?」

「怎麼來的?你說大家為什麼叫他電動盧呢?放台子啊,從花蓮到台東,到處放賭博性電玩賺來的,比起我爸爸上山採草藥……算了,不講了,講了生氣。」

他擺擺手不說話了,起身走到窗前,低頭拿起一片葉子,吹起音樂來。

「這叫什麼曲子?很好聽,每次你來叫門,都是吹這首。」我轉頭對他說。

他繼續吹了一陣子，然後放下嘴邊的葉子說：

「是我在學校裡，聽國樂社演奏時學來的，曲名就叫做『阿西跳月』，」他說：「這是雲南彝族阿細人的一種舞蹈，同學說，阿細人居住的地方，發生了一場大火，地面被大火燒得滾燙，打火的人不斷地換著腳，繼續撲打，終於把大火撲滅了。後來他們跳舞，就模仿打火時的樣子，換著單腳跳起舞來，在月下歡跳一整夜。」

那晚，在月光皎潔的小路下，阿西一路吹著那首曲子送我回家。

# 12. 阿西的陷阱

彩虹每天早上起來，開始會拿著筆，在月曆上劃掉一個日子，然後便加快腳步去餵雞，跟那些雞講講話，也會跑到後院的山坡上，去看她種的番薯和芋頭。

阿西來幫我補數學時，會抬頭看著牆上隨風微擺的月曆，屈指數算著那些還沒有被劃掉的日子。我們三個人又一起過了一次斑鳩節，但是感覺沒有以前那麼美味了，小小的一鍋都沒吃完。

有一天，阿西趁著彩虹在院子外，拿出六千元對我說，他想給彩虹，讓她回柬埔寨後，能夠買機票再飛回來，但是不知道該怎麼拿給她，他靠過來在我耳邊說：

「錢最容易傷人的自尊心。」

「尤其是只有六千塊，更是傷人。」我邊寫數學邊說。

「兄弟，你太實在了。」阿西滿臉通紅的說：「我馬上就感受到被錢傷害的痛苦了。」

他默默把鈔票塞回口袋裡。

「你何不去給你的女鬼買東西？我可以幫你偵查她喜歡什麼？或是幫你送過去，我吃你喝你，你都還沒給我任務呢！還有，那個女鬼到底是誰？我見過嗎？」

「不急，不急。」阿西說：「你趕快寫今天的習題。」

我們沒再說話，我低頭算數學習題，阿西起身去看著牆上的月曆。

晚上我再去阿西家借電腦，阿西讓我在他房間裡上網，他和李醫師在客廳談事情，我一邊轉動滑鼠，一邊側耳傾聽客廳傳來的聲音。

「兩千年前的醫生，知道現在有農藥殘留，土壤含毒、生態破壞、空氣污染、水質有重金屬嗎？草藥不能再按著兩千年前，古書上的處方來開。」

「你把這些頂嘴的小聰明，用來好好讀書吧，我還真巴不得早一天，你能給我把脈開藥呢！」李醫師拍著

桌子說：「搞什麼藥酒，還給我拿到廟口去賣，你老實說，你在外面是不是欠人家錢了，為什麼突然想錢想瘋了？」

「誰欠錢？我沒欠人錢。」

「你小子一搖尾巴，我就知道你想幹什麼。」李醫師說：「好女人滿街是，不能找個沒嫁人的嗎？」

我拿著列印的資料要離開時，阿西送我出三合院。

「我都聽到了。」我指著阿西說：「你完了，原來你愛上別人的老婆，城隍爺會丟你下油鍋的。」

阿西猛抓頭皮，張嘴想要辯解什麼，卻看他一咬牙全吞下肚去了。

第二天下午，我睡午覺起來，從窗戶看見阿西和彩虹在院子裡的鳳凰樹下談話，我在窗邊向阿西打招呼，然後走到院子裡去，樹下只剩阿西，彩虹不見了。

「她跑哪去了？」我說：「你們在說什麼事？」

「難怪她國語講得這麼好，她有一半華裔的血統呢！她高中畢業，你的數學題目，她應該也可以教你的。」

「你今天不去送草藥嗎？找我什麼事？」

「當然有事，兄弟，買賣來了。」阿西拍著手說：「先不要問，我要你幫我去找一個丟棄的鍋子，平常炒菜用的那種，破掉的更好。」

我們在後院的雞籠旁邊，翻找出來一個底部破裂，滿是塵鏽的鍋子。阿西拿在手上端視著說：

「大小、深度，剛好合適。」

「你要這破爛幹什麼？」

「破爛？」他瞪大眼珠說：「這就是我吃飯的傢伙了，上車，我們

憑本事賺錢去。」

我們在一家鐵工廠前停下來，阿西拎了個破鍋子，請鐵工師傅把鍋子的邊緣，用砂輪機磨得鋒利。他不顧鐵工師傅怪異的眼光，也不說明用途，只催促師傅趕工，鍋子的邊緣在星火飛濺中，很快便磨出光亮的刀鋒來了，阿西付了工錢便走。

我們的摩托車經過水塘邊，阿西停下車，拿著鍋子走下去，把鍋子周邊糊上爛泥，閃亮鋒利的邊緣便隱藏起來，不會反光了。

我們最後來到一個養雞場，阿西先把鍋子留在車上，帶我進去一個房舍裡，裡面已坐著十幾個老人，閒散的圍在大茶桌旁，都是農民的模樣，阿西說：

「大家要照先前打賭的約定，願賭服輸。」

「你放心吧，這裡每一個人都下注跟你賭，錢都擺在桌上了，有辦法就拿去，比你賣給我的藥酒好賺多了。你輸了不必出錢，給我清十天的雞糞，其他的人每人十瓶藥酒就好，哈哈。」有一個短腿粗壯的老農說：「我們加起來超過五百歲了，還沒聽過，坐著喝茶可以抓到老鷹的。」

「一言為定。」阿西說完，走到車上拿鍋子，那一群老農民跟在後面走出來，看他拿著一個生鏽的破鍋子，紛紛交頭接耳的議論著。只見他把鍋子

放在空曠的地上，再拿一隻雞用細繩綁住腳，繩子穿過鍋底的破洞，牢牢綁在旁邊的固定物上，這樣從上方看起來，很平常的就是一隻雞站在破舊的鍋子裡，然後見他拍拍屁股，就和大夥回到屋內喝茶了。

「那隻老鷹連著幾天都來，有時連公雞都抓。」粗壯的雞場老闆一邊幫我和阿西倒著茶，一邊說：「不過今天我已經照你說的，其他的雞全關進雞舍裡了。」

「弄個生鏽的破鍋子，就能抓到老鷹嗎？」有個滿頭白髮的老人說。

「就是要生鏽的，新鍋子會反光，老鷹不敢下來。」阿西喝著茶說：「靈不靈試了就知道，這可是我發明的陷阱。」

時間在等待中過去，大家雖然在閒聊著，卻也不時看著外面逐漸向晚的天色。外面的空地上一直沒有動靜，有一個農民說：

「你乾脆把這個鍋子為什麼能抓老鷹，說給我們聽吧，反正大家喝茶也閒著。」

阿西笑笑沒說話，在茶桌上抓了一把瓜子給我。

雞場老闆攤開雙手說：

「這樣吧，你說出來，如果今天老鷹不來，也算是個平手，大家不輸不贏。」

阿西放下茶杯說：

「各位想一想，老鷹撲下來後，一把抓住獵物，要怎麼樣再飛上去呢？」

一桌人或摸下巴或拍後腦，都低頭沉思著，有一個老人突然拍著手說：

「妙啊！老鷹一下子抓不起來被綁住的雞，張開翅膀用力一拍⋯⋯

：」

外面突然發出噗的一聲巨響，打斷老人的話，大家忙站起來往外跑出去看，我也擠過人牆探出頭去，看見地上一隻滿地翻滾的大老鷹，牠的一對翅膀，已被鍋子鋒利的邊緣削去一半，地上散落的羽毛沾染著鮮血，大家目

Mirai2005

瞪口呆的時候，阿西已把桌上的錢拿在手裡，微笑的步出來對我說：「收工了，兄弟。」

我歡呼的跳上車，向那一群人揮手道別。

我們回到家時，彩虹不在，阿西滿臉興奮的說：

「用鍋子抓來的錢，就放在廚房的鍋子裡吧，她一煮菜就會看到。」

他走出院子時，剛好遇見走進來的彩虹，他對著彩虹一陣嘿嘿怪笑，跳上機車跑了。

我趕快躲進房間裡，拿出書來假裝用功，耳朵聽著廚房那邊的聲

音，鍋子開始炒菜了。

晚上關燈睡覺後，彩虹從窗戶那邊傳出聲音說：

「我想留在台灣，在我離境之前，我可以把握時間，自己去找新郎，我看到街上有很多幫人家找新娘的廣告，我們也去貼廣告。找到新郎，我就可以繼續在台灣，他也會付給我很多的錢，你說對不對？」

「妳說得對，我怎麼沒想到？我們明天就開始吧。」我說。

# 13. 婚姻仲介廣告

阿西唸完，把那張紙揉成一團，對我說：
「這是你寫的？」
「是我寫的婚姻仲介廣告。」我說。
他搖著頭，帶著責備的口氣說：
「你太不懂事了，你想過她的感受嗎？不能把她當市場的雞啊、鴨啊……」

阿西走了以後，彩虹走過來，低頭看著桌上的紙說：

「你寫了什麼？很像賣雞賣鴨嗎？」

「我看別人也是這樣寫的。」

「和別人一樣就好。再寫，晚上我們去貼。」彩虹拿來一疊紅紙說：「柬埔寨人不是靠感受活下來的，我也不是。」

我點點頭，把紙攤平，繼續書寫。

夜裡，有人把我們貼在電線桿上的紅紙全撕掉了。

第二天下午，我和彩虹又去貼了一次，然後躲在路旁偷看。

「是他？」彩虹指著不遠處的一根電線桿說。

我看見阿西騎著單車來，把電線桿上的紅紙全撕掉，包在垃圾袋裡拿走了。

「他不要我留下來嗎？」

「我想不是，也許他不希望別人娶妳。」我說。

我跑去阿西家，家裡沒別人，我把他從房間裡抓出來。

「這是什麼什麼意思？」我雙手插腰的問他。

「什麼什麼意思？」阿西睡眼惺忪的說。

我拿著從房間裡找到，被撕下的紅紙給他看，他嘿嘿笑了起來，指著紙張說：

「你自己看，這上面，也沒寫電話，要娶新娘的，找誰啊？」

我把紙打開，低頭看了一下，果然是如此。

「你不可以再去撕廣告。」我要離開時，把那張紙拍在他的肚皮上對他說：「你如果要幫她留在台灣，就去找一個人來娶她。」

我和彩虹回家去，又寫了八十多張，這次加上了電話。彩虹騎機

車載我，我們花了整個晚上，把整個鎮上較大根的電線桿都貼了，最遠的一張還貼到太巴塱去。

隔天我們睡到很晚，彩虹來叫我起床，我躺在床上說：

「電話要放好，免得新郎打不進來。」

彩虹點點頭後，望著窗外發呆。

「放心吧，妳這麼漂亮，很快就會有人來的。」我說完打了一個大哈欠，倒頭又睡下去。

快到中午時，我們到市場買菜，順便看看我們貼的紅紙，竟然看見每一張紙的電話，都被人用墨汁塗掉了，我對彩虹說：

「是他！是他！阿西不讓別人娶妳。」

第二天，我向阿西借了那輛三輪摩托車，讓彩虹穿著結婚時的紅色旗袍，長髮盤起，頭飾鳳釵，臉上盛妝打扮，端坐在後面拖板的一張凳子上，車邊兩側掛著大紙板，上面寫著：「漂亮新娘，誠者面議。」然後慢慢的騎上外面的小路。

阿西站在半路上，我們從他身邊緩緩經過，沒理他，他步行著在後面跟著，車輪慢慢滾動，越走越遠，快看不到後面的阿西時，彩虹說：

「停一下吧，我暈車不舒服。」

我把車子停在田野的小路上，暖風拂來，麻雀在地上追逐亂舞，

田裡的青禾好像都笑得彎下了腰。阿西兩眼無神的慢慢走過來了，彩虹端坐在凳子上凝視著他，當他快靠近我們時，彩虹轉頭對我說：

「我好了，走吧。」

我發動機車加速衝出去。騎到街上時，彩虹把紙板收起來，我們去糖廠吃冰了。

隔天早上，我推開床邊的窗，叫醒另一邊床上的彩虹。

「可以了，今天不要去了。」她躺在床上閉著眼睛說。

「我也不去了。」我躺回枕頭上說：「妳根本是在跟一個人宣戰。」

# 14. 男人的想法

「她晚上都跑去那種地方，是不是？」阿西說。

晚上兩點鐘，我打開被重重敲擊的門板，阿西站在門口。我從沒看過他這麼生氣，我不說話，阿西用機車載我，要我帶路去找彩虹。我們找了幾家卡拉ＯＫ店，最後在一條幽暗的小巷裡找到一家，破損的招牌上寫著「南洋風卡拉ＯＫ」。

我和阿西走進去，一桌一桌的找，嘈雜的歌聲裡，夾雜著粗暴的

叫罵。我們在牆角的一桌找到彩虹，她和一個臉上有瘀傷的女孩在說家鄉話，那個女孩淚痕斑斑，彩虹卻好像喝了酒，滿臉通紅，她們說家鄉話的音調又快又急，有些拉長的尾音像在唱歌。彩虹轉頭告訴我說，她們正在談論，七月裡的柬埔寨，正在舉辦風箏節的事。阿西也滿臉通紅，脖子上脹粗的血管微微跳動，他把彩虹拉出店外，極力壓抑怒氣，低聲的說：

「妳知不知道什麼是自尊？」

「那是什麼？好吃嗎？」彩虹閉著眼睛，搖搖晃晃的問。

「妳是怎麼了？」阿西抓住她的肩說。

「你生氣了？因為你給我錢，我就要屬於你，那跟別人買我的錢，有什麼不一樣？」彩虹掙扎著說：「如果你沒給過我錢，你現在也不敢這樣抓著我。」

Mirai2005

阿西臉色蒼白，緩緩垂下雙手說：

「妳用廣告找不到愛情的。」

「你用陷阱也一樣抓不到。」她不掙扎了，靠在阿西的胸膛說。

彩虹又走進店裡，我和阿西也跟進去，屋裡的氣氛還是停留在叫罵裡。彩虹旁若無人的走到中間，拿起麥克風，沒有點歌，沒有伴奏，一曲柬埔寨的兒歌清唱，全場突然靜得聽得見腸胃蠕動的聲響，那首我們聽不懂的歌詞裡，有著對童年共同的情感，彩虹輕柔的歌聲，彷彿將每一個人心中的哀傷與希望都傾倒出來了。她放下麥克風時，無人發出聲響，所有人目送她步履顛搖的離開。後來，我扶著蹲在水溝旁吐酒的彩虹，阿西也過來，壓揉著彩虹左手小指最後一節的穴道。店裡傳出來的歌聲變了，小姐們都唱起自己國家的童謠來，後來是男人們在唱了，有台語，有國語，有客家歌，也有原住民歌謠，全是兒歌。

歡樂的笑聲和掌聲，代替了漫罵，夏夜裡一個小小的天堂又回來了。

第二天早上，彩虹還在睡覺，阿西騎著三輪摩托車，叫我坐在後面的拖板上，載著我在光復的大街小巷，找一台賣茶壺的小貨車。

「是那台嗎？」阿西回頭對我說：「是不是那台來載彩虹出去的？」

「是他沒錯。」我指著不遠處，一個站在貨車旁的人說：「他跟

彩虹說，有一個地方，有很多她家鄉的朋友。」

阿西把車停過去，大喊說要找幾把好茶壺。

「沒你的事了，你可以閃遠一點。」阿西低聲對我說：「等一下我就載你回去。」

他們兩個男人開始在談茶壺，阿西一把一把的挑，一會兒說這個嘴巴不正，一會兒說那個聲音不脆，那個人爬上貨車，把裡面所有的茶壺都搬下來放到地上，他說：

「你真是有眼光，識貨！我茶壺王從花蓮賣到台東，就你最懂門道了，哈哈。」

到了中午的時間，我跑去旁邊的小街上，

三兩口吃完了一碗麵，趕回去看阿西。

茶壺王蹲在地上喘氣，阿西斜站著鑑賞手中的一把茶壺。

「整車茶壺你看不中一支？你是拿你爸開玩笑是吧？」茶壺王板著臉說。

「我告訴你吧。」阿西把一個陶壺拿在手上掂了掂說：「因為這個，所以那個。」

茶壺王坐在派出所裡，李醫師把他頭頂上帶血的陶壺碎片拿下來，然後用紗布幫他包裹上，阿西則是跪在牆邊的地板上。

「看你了，看你是要把他告？還是要和解？」警察拿著筆對茶壺王說。

「老李，你救過我媽媽的命，你知道我一直很敬重你。」茶壺王對

李醫師說：「那個女人又不是去陪客，她是花錢去唱歌的，這點你去問，老闆都知道。」

李醫師不斷向他賠罪，茶壺王擺擺手說：

「不用這麼說，我去縫兩針就算了，和解書該怎麼寫就怎麼寫，我簽就是了。」

警察幫忙把茶壺王載去診所了，阿西從地上爬起來往外走。

「站住！」李醫師斥喝：「台灣的姑娘仔都死光了嗎？」

他張口還要說話，一轉眼看到我在，就把話一口吞下去了，他走上去揪起阿西的手臂，低聲說：

「光復巴掌大，不要再去找她，別再給我惹事了。」

# 15. 買方來了

阿西有好幾天沒有過來幫我補習，我和彩虹在談話中也不去提起這個人。

早上，院門外停了一輛計程車，下來了兩個中年婦人，她們穿著講究，一件是黑底的旗袍繡著紅花，一件是大紅的洋裝繪著彩鳳，兩人在門口點頭微笑，彩虹走出去。

她們說這件事不要當著爸爸的面講，於是不進客廳，拿出凳子就

和彩虹坐在門前的屋簷下講，我在屋內隔著一扇門聽著。較年長的婦人說：

「既然妳拜託過他，他就好人做到底，也算好事一樁嘛！就這麼說定吧，依民法妳還要等六個月才能再嫁，不過沒問題，明天我來帶妳去申請延後居留，妳收下訂金，簽個字，我們就等著吃喜酒了。」

另一個較胖的婦人說：

「就算不能延後，那也沒什麼關係啊，到時候他帶妳出國去玩，再給妳辦一個觀光入境，反正啊，妳什麼都不用煩惱，就等著風風光光的，做盧家的少奶奶吧。」

彩虹一會兒請她們喝茶，一會兒講煮菜別放太多味素，到後來年長的婦人站起來說：

「真是不知好歹！好吧，看妳年輕不懂事，我就再往上加，這個

Mirai2005

價，夠妳在東埔寨蓋棟車庫別墅啦。我可告訴妳，過了這個村，沒有那個店，妳聽得懂吧？」

彩虹對她們寫在紙上的數字，根本沒看一眼，她們就搖搖頭，笑著走出去了。

「讓她們去，還會再來。」彩虹走進門來對我說。

午飯一過，那兩位婦人果真又站在門口了，只是這次是共騎一輛機車來。

「我說妳真是會要價，連我們的中人費都算進去了。我再提一個價，不要我們就走人，妳再回頭拜託誰，也沒人理妳，別做後悔的事啊。」胖婦人笑咪咪的說。

晚上還沒到吃飯時間，又有人來叫門了，這次只有那個年長的婦人來，而且只穿著花襯衫和黑長褲，進門就說：

「算了吧，行情妳比我們都明白，看清楚了，他出這個價，可以買兩個新的了。真是的，台灣人這一套妳可都學會了，我這一趟算是做白工了。」

彩虹低著頭默默不語。

「妳是有毛病是不是？」婦人說完回頭就走，在門口跨上腳踏車，丟下一句：「都講到這裡了還裝什麼閨女，妳不回答就當是成交了，我只管回話去。」

晚上，廚房的水龍頭突然掉下來，噴出的水柱塞不起來，我和彩虹噴得全身濕透，我打電話叫阿西來，順便告訴他彩虹會留在台灣了。

「有人出了個好價錢。」我說。

阿西背了一包工具來了，他默默的把水龍頭修好，擦擦臉往外

走。彩虹跑出來說：

「我的葡萄架壞了。」

阿西停下腳步，慢慢回頭走向葡萄架，彩虹拿手電筒在旁邊照，阿西為傾斜的木架綁上鐵絲，他說：

「妳的家鄉看得到海嗎？」

「沒有，我也只在飛機上看到一次，藍藍的。」

阿西把葡萄架修好了，低低頭說：

「走了，再見。」

彩虹看著他走到外面，又追出去說：

「廚房窗戶壞了。」

這次阿西站在園子外，沒有回頭，也沒有講話。

我跑上前去，卻不知道該說什麼，月光把三個人影拓印在地上，彩虹低聲說：

「我想……」

我張大眼睛等她說完，她頓了好久才說：

「看海。」

我拉起他們兩人說：

「我們一起去看海吧，兄弟，你說我們要準備什麼？」

阿西被我搖了一下，清醒過來，他舉起右手遙指前方，像指揮官下達命令高喊：

「準備水壺！明天，我們攻上海岸山脈，直達山頂，去看太平洋！」

# 16. 我們去看海

「你們看，從我們腳下的山，一直綿延到遠方的中央山脈下，中間寬闊的這個河谷平原，就是光復。」阿西身上背著三個水壺，站在山頂稜線一塊凸起的岩石上，指著遠方說著：「一個看不到日出和日落的地方。破曉時分，海岸山脈遮住了日出的壯麗；黃昏時，中央山脈又早早的擋住了西沉的霞光。這就是老天要我們光復人，不要寄望未來，不要留戀過去，把握最真實的現在活著。」

彩虹和我坐在岩石上，俯瞰著平原大地，阿西在彩虹身邊坐下來，望著遠方，他說：

「彩虹，妳知道這個地名的意思嗎？」

「我聽過，光復就是，失去的東西再拿回來。」她轉頭對我眨眨眼睛，小聲的說：「是你爸爸跟我說的。」

她仰頭喝水時，我望著山風拂過她脖頸上幼嫩的細毛。

阿西遠眺著遠山浮霧裡的小城鎮，慢慢的說：

「帶著希望和體力的人來到這裡，就被這裡的泥土黏住了。兩百年前，我們從會落雪的唐山來，像候鳥來這裡尋找溫暖；在外地失敗的人們來到這裡，從陌生人的尊重裡找回勇氣；外役監獄裡的受刑人，和他們栽種的種子一起越過冬天。這裡讓所有的人平起平坐，重新光復自己。」

彩虹凝望著遠方說：

「不知道神會把我帶到哪裡？」

「神已經帶妳來到這裡了。」阿西轉頭對彩虹說：「這裡就是妳的家了，妳知道嗎？神最羨慕我們光復人，神不會失去什麼，祂不知道光復的快樂。」

我們休息之後，繼續向更高的一座山巒前進，阿西要帶我們站在山峰上眺望大海。

我們順著小徑走，有時爬坡，有時又要向下走進茂密的樹叢裡，阿西在前方拿著開山刀帶路，遇到枝葉橫阻，我們就要等他揮刀開路，才能繼續前進。

我們來到一處狹窄而陰濕的山谷，兩邊垂掛著藤蔓，阿西蹲在山壁底下說：

「我上星期來還很多，現在連剛發芽的都被挖走了。」

「是什麼東西被挖走了？」我問。

「這裡本來有好幾種藥草，包括金線蓮和一點癀，挖去救人是好事，但是不應該把小株的藥草都連根挖走。」阿西撥弄著草叢說：

「我每一次到一個新的山上，都會先住兩三天，先把整個山都跑遍，把所有可以採用的草藥都計算過，這一座山可出幾斤某某藥草，某某藥草要再等多久才會長成，然後才摘取所需的藥草。初長成的和正在開花結果的不

採，這樣每一座山就好像我家裡的廚房一樣，永遠取之不盡。」

「我一棵都叫不出名字來，看起來長得都一樣。」我說。

「至少你上山只是來玩、來運動，不像一些人，懂一點皮毛就亂砍亂挖。」阿西笑著對我說：「你看過被車子輾過，邊叫邊吐血的狗嗎？狗會回頭將牠自己外露的骨頭咬碎吞下，也會將流出來的腸子吃下去，最後死去。」

彩虹聽得皺起眉頭，用手捏緊衣領。

「很可笑吧？」阿西說：「人類濫伐山林，破壞大自然，就是在吃自己的內臟和骨頭。」

「你一個人在山上過夜？」彩虹問說：「晚上不害怕嗎？」

「不會的，山裡的夜晚，特別容易讓人靜下心來，躺著看天空，感覺離星星好近，近得伸手就可以抓下來。」

「你不怕遇到蛇嗎？」彩虹說。

「蛇很少主動攻擊人的。」阿西說：「在所有動物的眼中，只有人最可怕。」

他繼續搜索著那面山壁，有點惋惜的不斷搖頭，然後帶著我們走出山谷，來到一面向陽的山坡，樹林間的風已經聞得到大海的氣息，遠方的山腰處已可望見湛藍的海平面了。在一條三岔路上，我們停下腳步，喝著水再次休息。

「打起精神來，太平洋就在前面了。」阿西說。

「我沒問題。」我抬頭挺胸的說：「彩虹走不動了，等一下你要背她。」

阿西哈哈大笑起來，他說：

「你放心吧，等一下看到蛇，她跑得比誰都快。」

# 17. 年輕的獵人

我們正準備上路時，前面岔路的草徑上，出現了一群土狗，大約十五隻，牠們低聲喘氣，前後有序的慢步過來。牠們看到我們並不吠叫，除了張嘴吐舌外，整支狗隊行動起來不聲不響，帶頭的那隻大黃狗臉上有疤，牠蹲坐下來，其他的狗也跟著在旁休息。

「是他？」阿西高興的說：「我玉里的朋友，小羅來了。」

「是阿西嗎？」草徑那頭出現了一個年輕人，他肩著背包，向我們

揮著手走來。

「你怎麼在這裡？」阿西拍著他的肩膀說。

「我沒有你這麼好命，帶小姐上山吹風，我是來追一隻山豬的。」

「這海岸山脈有山豬啊？」

「這隻山豬是去年從我們玉里那邊的中央山脈，跟著其他三隻一起下來，被人圍捕，有一隻被打死，一隻負傷跑回中央山脈，這一隻在人狗的追捕下，橫越了縱谷平原，上了海岸山脈，今年初就有人看到牠，前幾天我確定了牠的路線，就帶我的狗兒子來了。這隻山豬很強壯，非常聰明，牠會故意引逗狗群到懸崖邊，然後突然轉身閃過，讓後面猛追的狗衝下去，前天下午第一次交手，就掛掉我兩隻好狗。」

彩虹小聲的對我說：

「他的狗好有禮貌，不像電動盧家裡的狗。」

小羅聽到了，轉頭對我們露出一排牙，笑著說：

「沒事猛搖尾巴、汪汪亂叫的傻狗，不配當獵狗。」

「你還在追捕嗎？」阿西說。

「不，追丟了，要回去了，狗也累壞了。」小羅拿著手機說：「我約了朋友開來貨車，在山下等我，我要從光復把狗載回玉里去。」

「祝你下次追捕成功，不要打到黑熊就好。」

小羅抬起頭，疑惑的說：

「台灣黑熊嗎？海岸山脈有台灣黑熊出沒嗎？我沒見過。」

「專家學者也說沒有。」阿西笑著說：

「他們都是挑屎不偷吃的老實人，自己沒看到的就說沒有，盜獵的人很高興他們這麼說。」

「你看到過嗎？」小羅說。

「豈只看到，我還認識一隻哩。」阿西說：「牠叫咪咪，你下次來找我，我帶你去看。」

「咪咪？你還知道牠住哪裡？」

「哈哈，牠的門牌還是我給釘上去的呢。」

小羅和他的狗隊加入了我們的行列，我們從另一邊的岔路往前走，與其

Mirai2005

說是小路，其實只是排除不能通過的樹木和山壁後，剩下可能通過的地方，還是要靠開山刀一路揮砍前進，阿西和小羅有說有笑的在前面開路。走了一段後，路面開始變成下滑的斜坡，我和彩虹有時必須靠阿西和小羅的幫忙，才不至於滑倒。不遠的前方出現一條山溪，我們走到水邊洗手，阿西和小羅突然要我們趕緊離開水面。

「怎麼了？」我急忙看看四周，問著阿西。

「你們注意看。」他指著小溪說：「有二十多隻虎頭蜂離巢來喝水，就表示牠窩裡的弟兄要乘上一千倍，一定有一個非常大的蜂窩在附近。」

「虎頭蜂一過了農曆的白露，就變得很兇猛，會拚死螫人。」小羅也低聲說：「雖然現在還不到秋天，但是前面的路，沒有必要冒險了。」

我們決定往反方向走一段路，先繞道避開再說，小羅的狗隊默默的跟著。

「太可惜了，沒帶工具來。」阿西一副很捨不得的模樣，回頭張望著說：「下次來摸清楚那個大蜂窩的位置，利用晚上，先用臉盆盛滿米酒，放盞燈光對著臉盆照，再開始鋸斷樹幹，樹幹一搖，在黑暗中蜂擁而出的虎頭蜂，會衝進發亮的盆裡溺斃，然後就可以用虎頭蜂泡酒，蜂巢用網子摘下。」

「我們一起看到的，你不可以先下手。」小羅振振有詞的說：「你已經有漂亮的女朋友了，我只有狗。」

他們互相拍著肩膀，哈哈大笑起來。

# 18. 大難臨頭

陽光開始炎熱起來，我們一行人爬了一段山坡後，來到一片地勢平緩的樹林裡，我已是滿頭大汗，彩虹氣喘吁吁的拉著我，我們就坐在樹下又休息起來。阿西和小羅站在高處向遠山眺望，研判路線，小羅說再往下走，就可以下山接到公路了，阿西對我們說，只要再往上爬一段路，就可以看到太平洋了，彩虹直搖手，喘得說不出話來。我在樹下休息時，聞到一股甜甜的香氣隨風飄來，我說：

「好香的味道，這是什麼花？這麼香。」

彩虹抬起鼻尖，點點頭說：

「我也聞到了，很像蜂蜜。」

阿西和小羅起先還坐在樹下聊天，沒注意我們說的話，後來阿西突然跳起來，用力吸了幾口，表情嚴肅的說：

「可惡！有人要用下流的手段了。」

「怎麼回事？」小羅莫名其妙的站起來問。

「有人要毒殺黑熊了！」阿西握著拳頭說：「我小時候看過，盜獵的人背著死掉的台灣黑熊到我家來賣，那隻熊的四個熊掌已被切掉，熊膽也被挖走了，我爸翻開熊的嘴巴，看牠滿嘴是血，就說這是被毒死的，叫那個人滾，這種行為不配稱獵人。」

「兄弟，你說清楚一點。」我對阿西說。

「有人正在這附近，煮一鍋的飯，在飯裡倒進蜂蜜，一邊炒飯一邊讓蜂蜜的味道散開，最後把一包氫酸鉀，埋在飯裡面，然後他們那些人像小偷一樣躲起來。熊最愛蜂蜜，順著味道跑來，埋著頭往嘴裡扒飯，一口咬破氫酸鉀，嘴巴噴血立刻沒命，那些躲在旁邊的小偷，跑上來砍掉熊掌，挖走熊膽，掉頭就走，其他的都擺著爛。」

阿西氣憤的說：「一些搞不清楚的人背回家去，吃了熊肉，還要再中毒。」

「的確下流，用毒就可以當獵人，我這麼累幹嘛？」小羅說。

「我們哥兒倆聯手，阻止這件事吧。」阿西拍著小羅說。

「我們也算一份。」我拉著彩虹站起來說。

「我的狗很快就能找到那鍋飯。」小羅說完，把那隻叫土匪的大黃狗喚過來，又比手勢又拍頭的指揮，土匪低吼一聲，抬起潮濕的黑鼻

子，四下嗅著空氣，很快就抓住一個方向，整支狗隊緊跟著牠往樹林外竄去，仍然是無聲無息。我們跟在後面跑去，才剛跑出樹林，阿西要我們大家蹲下，他指著不遠的山坡下，我看到有四個人正圍著一個鍋子。

小羅說：

「剛好順路，等一下我叫狗衝下去，把他們咬散，然後我就帶著狗下山。」

「他們一散，我下去砸了鍋子就跑。」阿西說。

「別忘了那個虎頭蜂窩有我的一半。」小羅笑著說。

彩虹緊張的捏得我手心發疼，我要她不要緊張，她低聲說：

「不是的，你們看，電動盧在那裡面。」

「可惡，他真的什麼錢都敢賺。」阿西定睛瞧清楚了，低聲罵了一會兒，轉頭對小羅說：「整個蜂窩全部給你，叫土匪給我用力咬！」

「哈哈，一句話！」小羅說完，用力吹了一聲口哨，土匪露出尖牙，跳起來像箭一樣衝出去，十幾隻狗立刻高聲狂吠的向那些人衝下去，下面的人丟下器具轉頭逃跑，電動盧拿著鍋蓋邊擋狗邊跳腳，被土匪攔腰撲倒在地，朝屁股上狠咬一口，他大叫著爬起來，跑沒幾步，又踉蹌得翻了一個筋斗滾下山坡去。

阿西和小羅也跳出草叢往下奔去，小羅直衝下山去跟他的狗會合，阿西大步跑向那個鍋子，一腳把它踢翻，白飯灑了一地，只見他趴下身，伸手在飯裡面迅速的摸索，摸出一小包東西，高高舉在手上，朝我們這邊晃了一晃，轉身把它用力擲出去，然後抱起旁邊一塊

大石頭，把鍋子砸了個扁，哈哈大笑的往我們這邊跑回來。

我們跟著阿西往反方向跑，跑進一片樹林裡，聽見電動盧在後面追上來罵說：

「別跑！我看到你了，你碰我要的女人，砸我的鍋子，你是衝著我來嗎？」

阿西停下腳步，對我們說：

「你們到旁邊休息去，他說得對，哪有官兵跑給強盜追的？」

電動盧上氣不接下氣的跑過來，一抬眼看見阿西站著等他，愣了

一下不敢再上前，嘴裡不停罵著狠話。阿西耐不住衝上去要開打，空氣中突然發出嗡嗡響聲，是那種翅膀高速振動，令人不寒而慄的音頻，數十隻虎頭蜂從我們頭上的樹蔭裡撲面而來，我們本能的立刻往回跑，虎頭蜂群在我們的四周上下飛舞。我抬頭一看，就在距離我們不遠的樹上，一個碩大的蜂窩攀掛在樹幹間，那個蜂窩大到足以塞滿阿西的三輪拖板車，上萬隻的虎頭蜂隨時會撲天蓋地而來。現在沒有官兵和強盜的分別了，每一個人都連滾帶爬的，再往剛才來時的路上跑回去，我聽著耳邊嗡嗡作響的聲音，和自己急速的心跳。

「你犯法，那是保育類的東西。」阿西邊跑邊轉頭罵：「而且你還用最下流的手段，你丟光復人的臉，你會有報應的。」

「罵誰啊？你個臭小子。」後面的草叢裡，傳來電動盧的罵聲：

「那個女人也是保育類嗎？你自己講，你們偷偷摸摸上山來幹什麼？」

阿西猛吸一口氣，正要開口，蜂群盤旋而至，他頭一低，把我懸空拉起，一把挾在腋下，拉著彩虹猛跑。電動盧突然大叫一聲，滾倒在地上，一邊爬行一邊哀叫。阿西轉身回頭，頓了一下，叫我和彩虹先跑，只見他一咬牙，冒著危險衝回亂舞的蜂群裡去，把電動盧背起來跑，電動盧對阿西大罵：

「你，吃喝拐騙，不配當光復人，你給我滾！」

阿西背著肥胖的電動盧，跑得額頭上青筋暴露，一邊跑一邊大吼：

「你是光復的人渣，你才滾！」

我們跑出了危險的範圍，全癱在地上喘氣。

阿西的左手臂被叮了一包，腫脹得很嚇人，彩虹過去把口水塗抹在上面。電動盧趴在地上呻吟，阿西走去掀開他的衣服，他的臉、脖子和背上被叮了十幾包。

遠處有三個人跑過來了，是剛才和電動盧一起在鍋子裡炒飯下毒的人。他們看著電動盧的傷勢，說他有生命危險，立刻從背包裡拿出一罐青草藥膏，幫他塗上，然後把他背起來準備趕下山去就醫。

電動盧的一個眼睛腫脹得睜不開，他對彩虹虛弱的說：

「我們講好了，妳還跟別人亂來。」

他們快步走遠了，有一個人又折返回來，把手中的藥膏罐丟給阿西說：

「電動盧要給你。」

阿西看著他們的背影，低聲對彩虹說：

「我爸爸告訴我，妳在辦喪事的時候，什麼都不懂，電動盧也曾出錢出力，拉妳一把。小地方就是這樣，每一個人都有欠別人的人情，雖然常常叫別人滾，但卻是互相依靠的活著。」

# 19. 用眼睛說話

阿西要改變路線不去看海了。

「我想去看咪咪，看牠還在不在？」阿西重新整理背包和水壺說：

「那隻小黑熊就在前面，一定是有人看到牠，才會引來電動盧他們的。」

阿西帶著我們往一條山路前進，彩虹要他先下山去治療被虎頭蜂螫到的傷勢，他擺擺手，笑了兩聲，加緊腳步前進。在開山刀的劈砍

下，眼前出現一個山谷，漸漸聽到山澗的水流聲，有一段路特別難走，深長及腰的草叢下，石塊崎嶇不平，我滑倒了幾次，開始對前面的阿西抱怨，彩虹卻是一句話都沒有，拉著我往前走。

我們最後來到一條平緩的溪流邊，阿西帶我們跳躍著溪中的石塊，順著水流往下走。水流在一處斷崖下形成一個約四層樓高的小瀑布，站在瀑布上往下看，眼前是一個秀麗幽靜的小峽谷，峽谷兩邊的巨石上，枝椏茂密，樹蔭蒼翠。

「沒路了。」我說。

「到了，就是這裡。」阿西擦著汗說：「咪咪就住在我們腳下的瀑布裡。你們看，在幽暗的溪谷下，生長稀有品種的蝴蝶蘭，上次我爸爸就是在這裡扭傷的，他捨不得那些蘭花，叫我再來採。我上次來的時後，用繩子從瀑布上攀附下去，一邊跳躍，一邊放繩，慢慢往下，結果到了瀑布一半的地方，往外一跳，再盪回來的時候，腳下竟然撲空，整個人就盪進瀑布裡去了，我伸手一抓，抓在洞穴上方的樹根上，然後才看清楚瀑布裡面是一個洞穴。後來我採完蘭花再爬上來時，一回頭看到咪咪，一隻台灣黑熊從溪谷下，慢慢走進瀑布裡。」

我和彩虹趴在岩石上，探頭看著奔瀉而下的瀑布。

「我上次留下來的繩子應該還在這裡。」阿西邊說邊在溪邊尋找出一條粗大的繩子，把它綁在瀑布上方的大樹幹上，用力拉扯，試試它是否綁得牢固。

「你該不會想要下去吧？我和彩虹不下去，太危險了。」

「我跟你下去。」彩虹對阿西說：「如果能綁兩個人的話。」

「哈哈，綁五個人都可以。」阿西轉頭對我說：「兄弟，你來不來？」

Mirai 2005

我搖搖頭說：

「熊會咬我們，還有，等一下怎麼上來？」

「放心，我們在牠上面七公尺的高度。」阿西說：「你看看這個，綁在樹幹上的還有一個滑輪裝置，用手拉或放，就能調整高低，而且我做了一個板子，我們三個擠一擠，就像是坐在鞦韆上一樣。來吧，兄弟！一輩子能有幾次瘋狂？」

後來我們三人同坐在板子上，阿西抓著繩索，三人同時站在瀑布的邊緣上，水濤怒吼中，阿西在我們的耳邊說：

「不能開口、不能亂動、不能叫、不能笑，只能用眼睛說話。」

三個人腳下一蹬，再盪回來，我們已踏在垂直瀑布間的岩石上，

水花飛濺打濕了我們全身。阿西慢慢放下繩索，對我們點點頭，我們再次把腳蹬出去，這一次的落點又比剛才更往下許多，關鍵的時刻到了，我們彼此用眼神打氣，阿西抓緊繩索點點頭，三雙腿同時用力蹬出去，我看見瀑布迎面而來，之後一片水花，我們盪進瀑布裡了。我張開眼睛，等適應黑暗後，看見阿西抓著洞穴頂端的樹根，正用眼睛對我示意，要我往下看，我從瀑布反映進來的餘光裡，看見底下的黑暗處，一隻仰臥的台灣黑熊，牠胸前雪白的V字形毛色，正閃爍著水光映照的光澤。

我轉頭看見彩虹緊抱著阿西，他們四目相對，不知道用眼睛在說什麼。

# 20. 在舊公車裡

我們順著山勢，就近下山，沿著公路回到停放三輪摩托車的路邊時，天色已暗，阿西扶我坐上後面的拖板時，我的腿已抬不起來了，摩托車開始奔往回家的路上。

「結果，我們並沒有看到海。」我按摩著痠痛的雙腿，抱怨著：「還累得要死。」

「人生不就是這樣嗎？不一定會照著我們計劃的路走。」阿西坐在

前面說。

「可是比看海更好玩啊。」彩虹把我拉過去說。

「你們兩個現在變成同一國了，講同一國的話。」我說：「我不管，我餓了。」

天空的烏雲越來越低沉，原野大地上吹來潮濕的風，一場夏日的大雨要來了。遠方路邊的荒地上，有一輛廢棄的公共汽車，阿西把車停靠過去時，雨滴已經打下來了。我們爬進那輛舊公車裡避雨，車頂上雨滴的拍打聲急切又嘈雜，窗外的原野已經一片黑暗，我們在黑暗的車廂裡，彩虹輕輕哼著家鄉的歌，阿西歪著頭，靠在座位裡打起鼾來。

遠方的路上來了兩束車燈，它慢慢經過我們，然後又折返回來，停靠在旁邊。車上下來一個戴著金邊眼鏡的小姐，她沒有打傘，走近阿西的三輪摩托車，觸摸著車頭，她抬頭望著我們這輛舊公車。彩虹和我走下去，那個小姐盯著彩虹看。

「我不相信，三年的戀情，一個夏天就死去。」她淋著雨，望著彩虹說：「妳是對他下了什麼符咒？」

我轉頭望著彩虹，她沒有說話。

「他不接我的電話，我從台北開車過來，他家人說他去採藥，我記得以前他帶我走過的路……哼！採藥？」

我轉身想上車叫醒阿西，被彩虹

輕輕拉住。

戴眼鏡的小姐突然抓著彩虹說：

「我愛他，我敢為他去死，妳敢嗎？」

「我為什麼要死？」彩虹不明白的說：「我還有爸爸、媽媽、兩個弟弟和一個妹妹。」

「妳看吧！妳沒有我愛他！」

我轉頭拉著彩虹說：

「妳沒聽懂，她是要跟妳比勇氣。」

「在我們那裡，死是很簡單的事，活下去才是勇氣。」彩虹說：

「在我們的村子裡，每個孩子都知道一個遊戲，我們叫它『地雷大笑』，如果踩到它，不要害怕，你害怕它就會大笑，如果它笑了，你就輸了。」

「地雷？妳是誰？」她放開彩虹說。

「小的時候，媽媽背著我在樹林裡撿木材，忽然把我用力拋出去，她說，快走開，不要回頭看。我跑回去，村裡來了好多人，大家看她一直站在那裡不敢動，她向圍在遠處的人一一道別，她說她以後不必辛苦了，她也罵了幾個讓她很生氣的人，然後就昏倒了。村裡的人扶她回家的路上，大家都笑著說，地雷看她這麼兇，不敢笑了。」彩虹靠近那個女孩說：「活下去多麼辛苦？活下去多麼不容易？還有什麼比活下去更需要勇氣？我們來比，看誰好好活著吧。」

那位小姐撥開臉上淋濕的長髮，鏡片上全是水，沒再說話，轉身上了車，車窗的雨刷來回擺動，她的汽車慢慢走遠了。我們回到車上，阿西正從座椅間爬起來。

「誰啊？外地人來問路的嗎？」阿西抹著臉，睡眼惺忪的說。

「一個台北來的漂亮小姐。」我說。

「是的，一個問路的人。」彩虹輕捏我的手，對他說：「問一條我曾經走過的路。」

阿西看著窗外的雨，坐在司機的位置，握著生鏽的方向盤說：

「可惜這個老古董不能跑了。」

他瞎忙著操作搖桿，雨勢又開始變大了，水滴飛濺入窗。

彩虹對我說：

「你累了就先睡吧，雨停了我們就回家，也許在夢中，它會載著我們跑出去呢。」

「妳也睡一下吧，等我們醒來後，再告訴對方，它載著我們跑到哪裡？」我說。

第二天清晨，我被一些細碎的人聲吵醒，張開眼睛，發覺我們三人相互擠靠著，睡在一張座椅裡。我從車窗望出去，一群下田的農婦圍在公車四周，有人在聞著從地上撿來的空瓶子，疑惑的對我們指

指點點，彩虹縮在阿西的懷裡，兩人都還沒醒。

警察來了，一個皮膚黝黑的警察，操著原住民的口音說：「沒有屍體就沒有我的事，妳們睡不著的不要吵人家睡覺的。」然後在嘴裡塞了一顆檳榔，跨上機車，丟下一縷白煙走了。

# 21. 兩個媽媽

剝下來的蛇皮濕黏的掛在草葉間，切成數段的蛇肉在滾沸的氣泡裡浮游，已剖開的鮮肉在湯裡還一張一合的頑強蠕動，糜爛的肉在咀嚼的齒縫間，重新組合成一條蛇，冰冷的蛇身纏著我的大腿，血淋淋的一口一口慢慢咬……。

是我發出了什麼聲音，讓彩虹僅著內衣，拿著掃把跑進我的房間？她緊張的說：

「又有蛇嗎？在哪裡？」

她緊握著掃把四下搜索，我坐在床上沒說話，她走過來查看，然後放下掃把，撥著我額前濕透的頭髮說：

「妳變成女人了。」

我望著她身體的曲線和光滑的皮膚，在屋裡走動間，有一抹淡淡的香。她要我把該換洗的衣物脫下，和被單一起收走了，她給我一些衛生用品，要我先試著做，不會就問她。我再進房間時，她拿一件細花滾邊的連裙洋裝給我穿。

「完全合身，妳早就幫我買好了，對不對？」我說。

她站在我身後幫我整理，然後把我輕推到大鏡子前說：

「看吧，當女生多漂亮。」

「從小爸爸叫我鴨鴨。」我望著鏡子裡的彩虹說：「那是很醜的意思。」

「我媽媽說，女人只要醜得剛好令人喜歡就好。」鏡子裡的彩虹這樣回答我。

晨曦微微透窗，我望著明亮的鏡面，鏡子裡兩個年輕的女孩在笑著。

吃完早餐時，叔叔從台北打電話來說，媽媽要來光復，要我去火車站接她。

彩虹在擦窗戶，她走過來，緊捏著抹布說：

「是今天要來嗎？我會到外面去。」

「不要走，妳們都是我的媽媽。」我說。

和往常一樣，只要不是放學時間，下車的乘客總是不多，月台上很快就只剩下我和媽媽兩個人了，我們沉默了一會兒，她看著我說：

「妳的記憶都恢復了？」

我點點頭說：

「都想起來了，過去那一年，好像一場夢。」

「要不是妳叔叔寄妳的照片給我，我都快認不出來了。」

「快十年了，對吧？」我小聲說：「我以為永遠不會再看到妳了。」

「時間是過得很快的。」媽媽微笑的拉著我在月台的椅子上坐下，她說：「讓我看看妳。」

「又瘦又小，還是像小孩子吧？上國中後，爸爸每次帶我到童衣店裡買衣服，我就是不進去。」

我對她說：「今天早上，第一次的那個才來。」

「許多人生重要的時刻，我都不在妳身邊。」媽媽打量著我說：「我會拿些藥材燉雞，給妳轉大人，沒關係，來了就好……」

「小時候，我不能了解妳為什麼不見了，爸爸對我說妳死了，我就把妳當做死了，我對別人也這麼說，現在想起來，當時這樣說，就以為會和爸爸同一國。」我坐在椅子上晃動雙腳，像小時候和她坐在一

起一樣。有些事情一對她說出來，那件事情就輕飄飄的沒有重量了，

我繼續說：「爸爸是軍人，常常說，時勢所需時，女兒就是大丈夫，沒有兒子，就把女兒當兒子來訓練。我不穿裙子，找男生打架，打不過就咬，割腕比勇氣，帶了一個全是男生的幫派，我一直相信，當男生才會讓他高興，我害怕他會和妳一樣離開我。」

媽媽嘴唇抽動著，她翻動著皮包，找衛生紙擤鼻涕。

「沒事了，媽媽，我再也不必那麼累了。看，我穿裙子了，是彩虹買給我的。」

我拍拍她的肩說：「爸爸退休後，就跟

著一些退休的老師們學畫畫，一年多前，他和那些朋友去了幾次柬埔寨，爸帶她回來的時候，我已發生車禍，之後是休學在家，按時回診，那段時間，頭腦一片空白，爸說她是媽媽，我開口叫了，然後是爸生病，叔叔接我去台北住。」

「她是個怎麼樣的女人呢？」媽媽說。

「她國語講得很好，但是有些人，只要一認出她是外籍新娘，就會自以為高人一等。」

「我嫁到美國時，也是個外籍新娘，也曾聽過不堪入耳的話，有時候雖然聽不懂，光看表情就很難過。沒有赤腳在爛田裡耕作的人，不知道一碗飯的辛苦。」

媽媽說完，從皮包裡拿出一些錢給我，我說：

「妳想用錢來彌補我？」

「我還能用什麼彌補妳？」她的眼眶泛紅，擦拭著眼角說：「上個月回到台灣，聽到妳叔叔說，妳出車禍，我才發現我真正要的是什麼？走吧，我們回家，回家。」

彩虹站在院子門口迎接我們，媽媽把一份當見面禮的首飾交給彩虹。彩虹捧著那份禮物，張大眼睛望著媽媽，連謝謝都不會說，進到屋子裡，頭一低，到後面去了。

媽媽坐在椅子上，呆望著爸爸的遺照說：

「原來……原來你是這樣想的啊……」

我到後面廚房去拿茶，看見彩虹在發呆。

「原來我長得像她。」她喃喃自語的說：「『妳終於回來了』，原來是這個意思……」

媽媽在爸爸的遺像前拈了一炷香，和爸爸相互凝望了一會兒，走到院子裡去。

「他走的時候，我們沒有一個人在他身邊。」媽媽對我說。

「妳在他身邊啊。」我輕撫著媽媽的背說：「彩虹在他身邊，妳就在。」

「我和那個威廉離婚了，妳知道嗎？」她再次牽起我的手說：「不容易啊！西方人的觀念跟我們終究不一樣，和他沒有孩子也好。我現在住在花蓮市，離妳要去讀的國中還算近，妳搬過來住吧。」

Mirai 2005

# 22. 夏天結束了

阿西家的三合院裡有好幾個人，是那些在山上抓熊的人。我沒走進去，站在院子旁看，李醫師夫婦忙進忙出，喘呼呼的說著話。我聽見他們說，幾天前，電動盧突然心肌梗塞倒在浴缸裡了，大半夜裡用救護車急往花蓮送，今天下午，醫院的病危通知就到了。有個粗啞的聲音嚷著說，玄天上帝廟裡的靈乩打電話給他，說神明起駕，斷他胸口還有一口氣在，脖頸上套著鎖鍊，還在跟黑白無常拉拉扯扯。李醫

師抓了一味青草藥，走到院裡打手機，要他的三個兒子來拿，拍著胸部說，打汁灌下去包醒。但是，三個兒子已經為了保險理賠金和遺產，在派出所裡打成一團，沒有一個來拿藥。李醫師叫院子裡的一個年輕人送藥過去，那人回電話說，家裡沒人，三條大狼狗張牙撲在門口，他只好把一袋草藥掛在大門上。

李醫師聽了搖搖頭說：

「一世人吃銅吃鐵，到頭被養的三條狗擋住了活路，報應啊。」

大夥人低聲說著話，也紛紛散去。

李醫師和太太收拾著雜物往屋裡搬，從屋裡傳來李太太的聲音說：「阿西的入伍通知單到了，別人都趕著去喝酒，你卻把他整天關在房裡，連家中的電話都拔掉了。」

「妳吃錯藥了是吧？還敢放他出去？帶著年輕的寡婦上山，外面傳得多難聽啊！就剩這幾天，給我平平安安的當兵去吧。」

我遠遠聽了這些話，就從三合院的後面，繞到阿西的房間外，看見阿西坐在裡面，我輕敲他的窗，他拉我從窗戶爬進去。

「阿西，這是你上次放在鍋子裡的錢。」我把一個紙袋子交給他說：「彩虹說，有錢真好，錢讓我們知道，還有什麼東西用錢買不到。」

他把那紙袋丟在一邊，然後搬了張椅子給我坐，他說：

「我體會到斑鳩在陷阱裡的焦慮了，面對環境現況，我張不開翅膀，也跳不出看似淺淺的壕溝，只能眼睜睜看著命運發生。那晚在舊公車上避雨，妳睡著後，彩虹忽然對我說，不要跟命運對抗，和命運

當朋友吧，我們哭了。」

「你先不要難過，我在聊天中聽彩虹說了一些事，我是你的偵查兵，所以來告訴你。」

他對我說的話點了點頭，答應了。

「她說……」我望著他的表情，小聲的說：「她說，她的父親是漸凍人，已經發病了，這個病會遺傳，將來她很有可能會變成漸凍人，漸漸的失去語言能力，她的四肢和表情會慢慢的凍結，身體變成了雕像，輕柔的歌聲永遠不再回來，只剩下會轉動的眼睛。阿西，你要想清楚，蟬飛走了，你還會愛著空有形狀的蟬蛻嗎？」

「怎麼會這樣？」阿西張大嘴巴，緩緩垂下頭去。

小房間裡，時間在沉默中流逝，當他再次抬起頭來時，臉上掛著兩行淚水，他說：

「如果她變成了凍結的雕像，那我就更不能離開她了，因為只有我讀得懂她的眼神。我們要一起站上地雷，賭它不會笑，如果地雷笑了，我們就要笑回去，我們要用轉動眼睛來說話，就像我們盪進瀑布裡一樣，我和她，每天都盪進去玩。」

「你也知道地雷的故事？」

「她打電話來說，她見過彩虹了，我們互道珍重。曾經以為她是我的未來，直到這個夏天，有一個人輕易的走進來。愛情裡的承諾有多麼脆弱，我現在知道了。」

「彩虹要我對你說，只有交換條件時才有承諾，真愛不需要。」

黃昏的餘光斜射入窗，我們都不再說話。我想到再過三天，這個夏天就要結束了，我要到一個新的學校，重新再當一次國三的學生，叔叔說這樣比在原來的學校重讀好；而阿西會理個光頭，去新兵訓練

中心報到，開始服兵役；彩虹會搭飛機離開台灣，像那隻失去籠子的鳥，再次飛回森林。

「再見了，阿西。」我爬在窗戶上，對他說：「用那首曲子歡送我吧。」

我順著竹籬笆往回家的小路走，晚霞燒得天幕通紅，從阿西微亮的窗戶裡，傳出來葉片含在嘴唇上吹奏的樂音，是那首「阿西跳月」，那曲子的旋律充滿歡樂，我彷彿又看到阿西和彩虹在尋夢園打火時的樣子，兩人在星火飛揚的烈燄裡，同心協力撲打著在他們身邊的野火，忍受著疼痛，換著單腳跳起舞來。

# 23. 彩虹的答案

就在我去阿西的家之前，我站在院子裡的鳳凰樹下，對彩虹大聲說：

「我不去，我不要妳這樣做，我們進屋去，我幫妳整理行李吧。」

「不必整理，除了回憶，我沒有什麼好帶走的。」

「妳要我去說謊話？」我說：「妳為什麼要這麼做呢？阿西已經開口請妳等他了，等待不會太長，時間很快就會過去了，現在就只等妳

的回答了。」

一陣山風飄落滿地細碎的鳳凰花，彷彿讓我們立在紅色的雪地裡。

「我不會給他任何承諾。」她說：「我也不要他的承諾，我只是要他能想清楚，當我所有讓他喜歡的條件都不見了，我的美麗、我的聲音，甚至於我的美德都不見了，那個愛還在不在？」

「妳太貪心了，彩虹，這樣做太危險，情人是不能試探的，比玻璃還容易碎。」

「有人用滿頭白髮來換智慧，有人拿健康來換成功，婚姻也是一種交換，這是我媽媽告訴我的，除了錢，男女雙方還可以用關心、美貌、才華、學歷、社會條件等等，都是可以換算的交易條件。很多人笑我是用錢換來的，別人的婚姻呢？他們是拿什麼東西交換的？」

「彩虹，妳想要說什麼？說這世上並沒有真正的愛情嗎？」

「我們家因為妳父親的錢而免於災難，一家人不致分散，很多人笑他花大錢買一個新娘，但是妳知道嗎？妳父親要我和他隔著窗戶分開睡，他只要求在他癌症末期前，能多畫幾張我的畫，事實上，他是在畫妳的母親。我對妳父親充滿感激，那就是背著他我不累，守護這個家到最後一天的原因。」

「……」

「我見到妳母親之後，我才明白，我在妳父親畫畫時的眼神裡，曾經看見過真愛，

我羨慕妳的母親。這一次，我不要同情也不要感激，只要一個沒有任何交換條件的愛，即使那只是個分開的思念。我已經知道這個世界上，有一個女人得到過這樣的愛，而我又和她長得一樣，我也想要得到。」

我們在樹下沉默了很久，我走上前去，走到能看清她雙眼的距離說：

「我希望妳知道，有妳真好。這段時間，妳彌補我和爸爸的缺憾，代替媽媽再一次回到尋夢園，陪我們走一段路。妳幫我光復了自己，讓我喜歡自己是個女生；妳不只學我們的字，妳也教我們妳的歌，還有兒時的故事和不同文化的菜；妳也讓有些人明白了，不同的省籍和國籍，原來可以不分彼此，在兒歌裡平起平坐。」

彩虹輕輕握起我的手說：

「我沒有妳說的這麼好，我還不會講台語。」

「阿國的越南媽媽每天抱著他跑步，雞皮的大陸媽媽每天背他過山崙，不會講台語，也可以是台灣的媽媽。」我對彩虹說：「我會懷念這個夏天，懷念我們那個歪七扭八的葡萄架，和妳在一起就是天天過節。」

彩虹將我抱個滿懷，我說：

「我們是好朋友，很久很久以前，我們就是好朋友。我幫妳，我去當個偵查兵。」

月亮出來了，遠離了阿西的家後，我順著小路快跑回去，彩虹還在落花的樹下等待嗎？如果她在房間裡，我就去敲敲她的窗。

我跑過鳳凰樹下，推開門進到屋子裡，我喊著她，再跑到院子

Mirai 2005

裡，經過井邊，穿過葡萄架，最後回到她的房間裡。她的小行李不見了，沒有說再見，她走了，又走進畫裡去了，我抬頭望著她在畫裡的微笑，我想告訴她，那一夜大雨過後，夜空出現一輪滿月，那一節廢棄的公車真的載著我們，跑過海岸山脈，跑過月下的油菜花田。

## 作者簡介

劉翰師，一九六二年生，中國文化大學戲劇系影劇組畢業。曾獲聯合文學小說新人獎中篇小說首獎，聯合報文學獎小說評審獎。

這是他第一次為成長中的少年少女講故事。

## 繪者簡介

那培玄，畢業於國立台北藝術大學美術系。一九九四年開始從事插畫，作品刊登於各大報以及出版書籍雜誌等。

興趣廣泛，喜歡文學、藝術與研究，目前擔任金融相關研究職務。股市漫畫是近期的最新代表作。

個人部落格：http://spaces.msn.com/members/miraiofutures/

# 現代少兒文學獎徵文辦法

## ——摘要

指導單位：行政院文化建設委員會
主辦單位：九歌文教基金會
協辦單位：九歌出版社有限公司

一、獎　項：少年小說——適合十歲至十五歲兒童及少年閱讀，文字內容富趣味性，主要人物及情節以貼近少兒生活為宜。文長四萬至四萬五千字左右。

二、獎　金：行政院文化建設委員會少兒文學特別獎，以及評審獎、推薦獎、榮譽獎，分獲獎金二十萬元、十二萬元、八萬元、四萬元及獎牌一座。

三、應徵條件：

1、海內外華人均可參加，須以白話中文寫作。每人應徵作品以一篇為限。為鼓勵新人及更多作家創作，凡獲九歌現代少兒文學獎首獎者，三年內不得參加。

2、作品必須未在任何報刊發表或出版。獲獎作品之出版權歸主辦單位所有。但再版時可支版稅。

附記：本辦法為歷屆徵文辦法之摘要，每屆約於每年十月至翌年一月底收件，提供有志創作少兒文學者參考。(所有規定，依各屆正式公布之徵文辦法為準)

九歌少兒書房 ⑭⑨

# 阿西跳月

定　價：230元

第38集　全套四冊

作　　者：劉　翰　師

繪 圖 者：那　培　玄

美術編輯：裝 丁 良 品

發 行 人：蔡　文　甫

發 行 所：九歌出版社有限公司

臺北市八德路3段12巷57弄40號

電話／02-25776564・傳眞／02-25789205

郵政劃撥／0112295-1

登記證：行政院新聞局局版臺業字第1738號

網　　址：www.chiuko.com.tw

印 刷 所：晨捷印製股份有限公司

法律顧問：龍躍天律師・蕭雄淋律師・董安丹律師

初　　版：2006（民國95）年1月10日

初版2印：2009（民國98）年8月10日

ISBN 957-444-281-0　　Printed in Taiwan

書號：A38149

國家圖書館出版品預行編目資料

阿西跳月／劉翰師著；邢培玄繪. --初版.
-- 臺北市：九歌. 〔民 95〕
面；　公分. --（九歌少兒書房.
第 38 集；149）

ISBN 957-444-281-0（平裝）

859.6　　　　　　　　　　94023771

九歌少兒書房